안주잡설

안주잡설

초판 1쇄 인쇄 2023년 1월 20일
초판 1쇄 발행 2023년 1월 30일

지은이 정진영

펴낸이 박세현
펴낸곳 서랍의 날씨

기획 편집 김상희 곽병완
디자인 김민주
마케팅 전창열

주소 (우)14557 경기도 부천시 조마루로 385번길 92 부천테크노밸리유1센터 1110호

전화 070-8821-4312 | **팩스** 02-6008-4318
이메일 fandombooks@naver.com
블로그 http://blog.naver.com/fandombooks

출판등록 2009년 7월 9일(제386-251002009000081호)

ISBN 979-11-6169-233-3 03810

안주잡설

서랍의날씨

●

지난 2014년 여름 어느 날, 술에 얼큰하게 취해 작가의 집에
쳐들어갔다.

그는 내게 해장 음식으로 라면을 끓여 주었다.

지금까지 살아 오면서 먹은 라면 중 가장 포근했다.

그날 먹은 라면을 인연으로 결혼해 살아 보니, 이 사람 참 담
백하다.

이 책에 등장하는 다양한 안주는 복잡한 조리와 거리가 멀고
비싸지도 않다.

그런 흔한 안주가 작가의 다채로운 인생 이야기를 담은 진솔
한 문장과 만나니, 투박하지만 정갈한 술상의 주인공이 된다.

라면을 삼키듯 후루룩 맛있게 읽힌다.

그래서 이 책, 밤에 읽으면 위험하다.

아내 박준면

메뉴

치킨에 맥주인데, 행복이 별건가?

처음은 강렬한 기억을 남긴다.
첫인상이 어지간해선 바뀌지 않고,
첫사랑이 쉽게 기억에서 지워지지 않듯이.

첫술이 남기는 기억 역시 그에 못지않게 강렬하다.
술은 우리가 먹고 마시는 음식 중 가장 이상한 음식이라고 말
해도 과언이 아니기 때문이다.
달면 삼키고 쓰면 뱉는 게 본능인데, 술은 그 본능에 정면으
로 반하는 음식이다.
달다가도 쓰고, 때로는 비릿해서 인상을 찌푸리게 한다.
맛으로만 따지면 진입 장벽이 꽤 높다.
그런데 그 진입 장벽을 넘어서는 순간, 지금까지 몰랐던 신
세계가 펼쳐진다.

나빴던 기분이 좋아지고, 맛있는 음식이 더 맛있어지는 신세계.

진입 장벽 안에 들어온 사람이 바깥에 머물러 있는 사람을 끊임없이 유혹하는 이유일 테다.

내가 자의로 처음 술을 마신 기억은 중학교 2학년 여름 방학 때로 거슬러 올라간다.

일가친척이 모여 천렵을 했던 그날, 나는 호기심에 몰래 병맥주를 하나를 빼돌려 그늘에 숨어 마셨다.

미지근하면서도 쌉쌀한 탄산의 맛.

맥주가 내게 남긴 첫인상은 별로였다.

그날 이후 내게 맥주는 오랫동안 맛없는 술이었다.

가까운 편의점에만 가도 냉장고에 세계 각국의 다양한 맥주가 즐비한 요즘과 달리, 국내 대형 주류 회사 몇 곳이 생산하는 라거 외에는 선택권이 없던 시절이어서 더욱 그랬다.

한동안 내게 맥주란 모임에서 그저 시원한 맛으로 마시는 달지 않은 음료수였을 뿐이다.

그런 맥주일지라도 기막힌 맛을 내는 순간이 있었다.

바로 갓 튀겨 낸 치킨과 함께할 때였다.

입안에서 바삭바삭 부서지며 혀에 기름칠을 하는 튀김옷,
적당히 염지된 살의 고소하고 짭조름한 맛,
여기에 쌉쌀하면서도 청량한 맥주의 탄산이 어우러지면? 어
우야!

맥주와 기름진 안주의 궁합은 건강상 나쁘다지만 어쩔 텐가?
당장 입에서 맛있다고 아우성치는데.
좋은 안주는 술과 함께 먹으면 더 맛있고, 술도 맛있게 하는
마법을 보여 준다.

기왕 치킨 이야기가 나왔으니 개똥철학을 더 풀어 보겠다.
나는 갓 튀겨 낸 치킨 냄새만큼 인간의 침샘을 자극하는 향기
는 없다고 생각한다.
과장을 조금 보태자면 세상에서 가장 맛있는 냄새다.
출출할 때 맥주와 함께 먹는 치킨 서너 조각은 그야말로 천
하제일 진미다.
문득 주머니 사정이 넉넉하지 못했던 대학교 재학 시절이 떠
오른다.
한일 월드컵의 열기가 채 가시지 않은 2002년 가을, 나는 그
때 살고 있던 고시원과 가까운 둘둘치킨 체인점 앞에서 서러
운 눈물을 흘린 적이 있다.
매장 유리창 안에 층층이 쌓여 있는 수많은 치킨,

환풍기를 통해 바깥으로 맹렬하게 쏟아져 나오는 그 고소한 냄새.

저 치킨을 맥주 500cc 곁들여 딱 몇 조각만 먹고 싶었는데, 내 지갑에는 그럴 돈이 없었다.
매장 앞에서 발걸음을 돌리지 못하고 침만 꼴딱꼴딱 삼키던 나는 결국 눈물을 흘리며 좁은 고시원 방으로 돌아왔다.
나는 고시원 주방에서 밥솥 바닥에 말라붙은 밥을 긁어먹으며 앞으로 최소한 치킨과 맥주 정도는 먹고 싶을 때 사 먹을 수 있을 만큼 돈을 벌고 싶다고 결심했었다.
그 정도로 치킨 냄새의 자극은 대단했다.

치킨은 집에서 조리하기 어려운 음식이다 보니 바깥에서 조달할 수밖에 없다.
따라서 치킨은 고향의 맛 대신 브랜드로 각자의 혀에 각인된다.
저마다 꽂힌 치킨 브랜드 하나쯤은 있을 것이다.
내가 꽂힌 치킨은 KFC 오리지널과 리빠똥치킨이다.
굳이 우열을 가리자면 후자를 조금 더 좋아한다.

우선 KFC 오리지널에 관한 이야기부터 해 보겠다.
KFC 오리지널은 어디에서도 비슷한 맛을 찾을 수 없는 독특한 치킨이다.

짭짤하면서도 무엇이라고 콕 집어 설명할 수 없는 폭발적인 감칠맛.

KFC는 국내 치킨 브랜드와 달리 압력솥에 기름과 닭고기를 넣고 고온 고압으로 튀겨 낸다.

이 때문에 튀김옷의 식감이 부드럽고 육질이 촉촉한데, 여기서 꽤 호불호가 갈린다.

한국인의 입맛에는 치킨 하면 역시 바삭한 식감 아닌가.

그런 이유로 대한민국은 KFC 매장이 존재하는 국가 중에서 오리지널보다 크리스피가 더 잘 팔리는 독특한 국가다.

국내 치킨 체인점 중에서 동키치킨이 KFC 오리지널과 비슷한 맛을 내면서도 바삭한 식감을 자랑하는데, 매장이 드물어 맛을 보기가 어렵다는 점이 아쉽다.

KFC 오리지널의 감칠맛이 끌리는데 식감이 아쉽다면, 리빠똥치킨으로 눈을 돌려 보자.

상왕십리역 리빠똥 본점은 나와 동갑(1981년)인 노포로 '과일치킨'이 주력 메뉴다.

한때 체인점도 꽤 거느렸었는데, 이젠 상왕십리역 본점 외 몇 곳만이 명맥을 이어 가고 있다.

리빠똥치킨은 튀김옷이 얇은 옛날 통닭의 형태를 갖추고 있다.

치킨과 함께 나오는 사라다(샐러드와 사라다는 다르다!)에서 관록이 느껴진다.

언뜻 보면 튀김옷을 살짝 태운 시골 통닭처럼 보이지만, 담백한 시골 통닭과는 뿌리부터 다른 맛이다.

씹는 순간 폭발하는 향신료의 복합적인 향기와 짭짤한 맛, 바삭한 식감이 미각과 후각을 한껏 자극해 맥주를 무제한으로 부른다.
특히 껍질에서 풍기는 은은한 카레 향이 식욕을 심하게 자극한다.
정말 맛있는 치킨이다.
체인점이 드문 이유를 이해하기 어려울 정도로 말이다.
한때 상왕십리역 근처 고시원에서 살았던 나는 어쩌다 돈이 생기면 리빠똥치킨 반 마리를 안주 삼아 좁은 방에서 홀로 맥주를 홀짝였다.
즐거울 일 하나 없던 시절이었지만, 그 순간만큼은 입이라도 행복했다.

지난 2021년 여름, 프린스호텔이 내게 객실 하나를 집필실로 내줬다.
덕분에 나는 서울 한복판에 있는 호텔방에 앉아 잘나가는 작가 코스프레를 했다.
뜻밖의 호사 속에서 내 머릿속에 떠오른 맛은 주머니가 가볍던 시절에 맥주와 함께했던 리빠똥치킨이었다.

몇 년 동안 맛을 보지 못해 그리운 터였다.
마침 호텔이 위치한 명동은 상왕십리 본점과 멀지 않았다.
좋은 기회였다.

나는 맛있게 치킨을 먹을 방법을 고민했다.
땀을 많이 흘려야 맥주가 더 시원하게 넘어가고, 적당히 배가
고파야 치킨을 맞이하는 설렘이 커진다.
나는 프린스호텔에서 청계천을 거쳐 리빠똥 본점으로 이어지
는 6km의 동선을 짰다.

철 지난 붉은색 소파, 낡고 오래된 흔적을 부끄러워하지 않
는 나무 테이블.
따가운 오후 햇살을 두 시간 가까이 뚫고 도착한 리빠똥 본점
의 모습은 예전 그대로였다.
얼린 물수건으로 땀을 닦고 생맥주 몇 모금을 마시며 치킨 반
마리가 나오기를 기다리는 시간은 컵라면이 불기를 기다리는
시간만큼이나 길게 느껴졌다.

기다린 끝의 맛은?
말해 뭐 하나!
그때 그 시절의 맛 그대로였다.

집필실로 다시 걸어서 돌아오는 발걸음이 가벼웠다.

행복이 별건가.

자기만의 치킨에 곁들이는 맥주 한 잔이면 이렇게 끝내주는데.

입에 '짝' 들러붙으니까 짝태!

방금 잡은 놈은 생태,

잡아서 얼리면 동태,

바짝 말리면 북어,

절반 정도 말리면 코다리,

추운 겨울에 얼리고 녹이기를 반복해 말리면 황태,

새끼를 말리면 노가리,

그물로 잡으면 망태,

낚시로 잡으면 낚시태…….

별명이 많기로는 개그맨 박명수, 야구 선수 김태균이 부럽지
않은 게 명태다.

그뿐만이 아니다.

강산에의 노래 가사를 빌려 주저리주저리 떠들어 보자면 "내장은 창난젓, 알은 명란젓, 아가미로 만든 아가미젓, 눈알은 구워서 술안주 하고, 꾀기는 국을 끓여 먹고, 어느 하나 버릴 것 없는" 생선이 명태 아닌가.
사설이 길어지니 입안에 침이 고인다.

별명이 많다는 건 그만큼 인기가 많다는 방증이다.
언젠가부터 술집 메뉴판에 객원 멤버로 끼어들더니 이제는 당당하게 고정 멤버로 자리를 잡은 안주가 있다.
바로 먹태다.

사실 먹태는 황태의 불량품이다.
먼지 한 톨을 용납하지 않는 최첨단 반도체 공장에서도 불량품이 일정 비율로 발생하는데, 날씨 변덕이 심한 황태 덕장에서는 오죽하겠는가.
날씨가 너무 추워서 속까지 하얗게 마르면 백태, 땅에 떨어지면 낙태, 몸통이 떨어져 나가면 파태, 머리가 떨어져 나가면 무두태라는 별명이 붙는다.
먹태는 황태를 말릴 만큼 날씨가 춥지 않아 껍질이 거무스름하게 변하고 속이 제대로 마르지 않은 명태다.

이런 특징이 먹태에 전화위복을 가져다줬다.

껍질을 벗기면 황태와 비슷하게 생겼는데, 황태보다 덜 마른 덕에 씹는 맛이 상대적으로 부드럽다.

여기에 청양고추와 간장을 더한 마요네즈 소스를 곁들이면 맥주와 최고의 페어링을 자랑한다.

애초에 황태의 불량품이었으니 원가도 황태보다 싸다.

많이 먹어도 배가 부르지 않아서 먹으면 먹을수록 살이 빠질 것 같은 착각이 든다.

술집과 손님 모두에게 상생인 셈이다.

잘 팔리는 안주에는 이유가 있다.

찬사만 늘어놓으면 재미없으니 이번에는 딴죽을 걸어 보겠다.

과연 명태가 맛있는 생선인가?

딴죽이 억지로 느껴질지도 모르지만, 한번 곰곰이 생각해 보자.

명태는 시원한 국물 맛 아니면 자극적인 양념 맛으로 먹는 생선이다.

솔직히 말해 국물에 빠져 있는 명태 살코기에 무슨 맛이 있던가.

기름기 하나 없이 푸석푸석하지 않은가.

너그럽게 말해서 담백하지 사실 별맛은 없다.

소스 없이 먹태만 씹어 먹어 보자.

기본 안주로 나오는 마카로니 뻥튀기만큼 심심한 맛이다.

어쩌면 우리는 국물 맛과 양념 맛을 명태의 맛이라고 착각해 온 게 아닐까?

그런 의구심도 짝태를 마주하면 봄눈 녹듯이 사라진다.
짝태는 동해안을 옆에 둔 함경도 지역의 특산물로, 내장을 바른 명태를 소금에 절여 말린 가공품이다.
짝태의 가장 큰 특징은 앞서 말했듯이 다른 명태 가공품과 달리 소금에 절였다는 점이다.
이 소금의 짠맛이 심심한 명태 살에 감칠맛을 더하는 마법을 부린다.
마치 MSG라도 뿌린 듯이 말이다.
나는 몇 년 전 지인과 들른 서울 마포구 연남동의 한 허름한 술집에서 아무런 기대 없이 짝태를 씹었다가 뒤통수를 세게 맞았다.
반건조 생선 특유의 쫀득한 식감과 씹으면 씹을수록 혀 위에 퍼지는 짙은 감칠맛.
명태의 가치를 의심했던 삿된 마음을 한방에 날려 버리는 맛이었다.

요리 연구가 백종원이 세계 각지의 맛집을 소개하는 프로그램에 출연해 중국 연변의 명물로 짝태를 다뤄 화제를 모은 바 있다.

배우 하정우는 자신의 산문집 ≪걷는 사람, 하정우≫에서 '먹
방' 만큼 맛깔 나는 문장으로 짝태를 찬양해 독자의 침샘을
자극했다.
짝태를 간판으로 내세우는 술집도 점점 늘어나고 있다.
아직 아는 사람보다 모르는 사람이 더 많은 안주이다 보니, 시
중에서 짝태를 구입하긴 쉽지 않다.
맛 하나는 확실한 만큼, 머지않아 짝태도 오프라인 매장에서
먹태처럼 흔해지리라고 예언해 본다.
급하면 조선족이 많이 오가는 지역에 있는 건어물 가게나 온
라인 매장을 살펴보자.

나는 얼마 전까지 운이 좋게도 '짝세권'에 살았다.
집에서 나와 5분만 걸으면 짝태를 굽는 고소한 냄새가 풍기
는 술집에 닿았다.
다른 안주 맛은 고만고만한데, 유독 짝태의 맛이 기가 막혔다.
술집 주인은 가게 바깥에 설치한 연탄 화로 위에서 정성스럽
게 짝태를 구웠다.
짝태를 굽는 주인의 모습은 마치 오랜 경력을 가진 장인 같
았다.

은근한 연탄불에 오래 구워진 짝태는 먹음직스럽게 살이 부
풀어 올랐다.

실력 있는 초밥 셰프는 밥 사이에 공기층을 둬 밥알의 식감을 살린다고 들었다.
한손에 밥을 얹어 놓고 다른 손 검지와 중지로 적당한 압력을 주는 게 비결이라는데, 나로서는 상상하기 어려운 고급 기술이다.
짝태의 몸통 구석구석에 스며든 공기층은 과장을 살짝 보태면 언젠가 먹어 본 비싼 초밥의 공기층과 비교할 만했다.

비움으로써 비로소 완성되는 맛.
그야말로 진미였다.

소스도 기가 막혔다.
간장 종지에 듬뿍 담은 마요네즈 위에 청양고추와 간 마늘을 수북하게 올리고 참기름을 한 바퀴 둘러 마무리한 특제 소스.
그 소스를 머금은 짝태가 맥주 한 모금이 입안에 남긴 쌉쌀함을 지우면 행복이 바로 이런 거구나 싶었다.

안타깝게도 그 술집은 코로나19 펜데믹의 여파를 견디지 못했다.
기막힌 짝태 맛 덕분에 주변의 다른 술집보다 오래 간판을 유지했지만, 한번 줄어든 손님은 다시 늘어나지 않았다.
빈자리에 새로운 술집이 들어왔는데, 메뉴판에서 짝태는 사라지고 먹태만 남았다.

내가 사는 곳이 더 이상 '짝세권'이 아니란 사실이 서운하다.
언제 다시 그곳에서 먹었던 짝태와 비슷한 맛을 볼 수 있을까.
비록 나와 그 술집의 인연은 예고 없이 끝났지만, 부디 주인이
짝태 굽기를 포기하지 않았으면 하는 바람이다.

짝태의 어원을 웹서핑으로 찾아보니 짜개진 것을 가리키는
'짝'과 명태를 가리키는 '태'가 합쳐진 단어로 북한에서 유래
했다는 설명이 눈에 띄었다.
몸과 마음에 잘 와닿지 않는 어원이다.
이 잡설을 통해 유언비어를 퍼트려 보고 싶은 욕심이 생겼다.
'입에 짝 달라붙어서 짝태'라고 말이다.
실제 어원보다 훨씬 그럴싸하게 들리지 않는가?
공감하기 어렵다면 오늘 저녁은 짝태에 생맥주 500cc 콜!

겨울 술꾼의 친구, 홍합탕

나는 주종이나 계절에 어울리는 안주를 찾아다닐 만큼 섬세
하진 않다.
달지 않은 술에 지나치게 배부르지 않은 안주면 족하다.
있으면 있는 대로, 없으면 없는 대로 먹고 마시니 미식가 소
리를 듣기는 틀렸다.
그렇게 무딘 내가 해마다 겨울이면 직접 만들어서 꼭 챙겨 먹
는 안주가 있다.

귀하냐? 아니다.
비싸냐? 그럴 리가.

아마도 한반도에서 가장 저렴하고 흔한 안주 중 하나가 아
닐까?

감칠맛이 폭발하는 시원하고 담백한 국물의 유혹.
홍합탕은 겨울 술꾼의 뜨끈하고 든든한 친구다.

홍합의 매력은 '가성비'다.
동네 시장이나 마트에서 소분해 파는 홍합의 가격은 킬로그
램(㎏)당 3000원 내외로 저렴한 편이다.
어패류 중에 이보다 저렴한 물건은 드물다.
껍질이 부피의 상당량을 차지하지만, 홍합 1㎏은 탕으로 끓이
면 서너 명이 앉은 자리에서 소주 각 1병을 비울 수 있을 정도
로 푸짐한 양을 자랑한다.
많은 술집이 홍합탕을 기본 안주로 내놓고 심지어 무한 리필
까지 해 주는 데는 이유가 있다.

값싸고 맛있는 식자재는 흔치 않다.
식자재는 제값을 하는 물건이기 때문이다.
값이 싼데 맛있다면 손이 많이 가는 식자재일 가능성이 크다.

그렇다.
홍합 손질은 손이 많이 가는 일이다.

우선 수염처럼 보이는 지저분한 족사를 하나하나 떼어 내야
한다.
힘과 요령이 필요한 번거로운 일인 데다, 엉성하게 손질하면

홍합 살이 족사와 함께 떨어져 나와 낭패를 본다.

껍질에 붙은 이물질도 깔끔하게 제거해야 국물이 맑게 우러난다.

껍질에는 따개비나 굴 껍질 같은 이물질이 잔뜩 붙어 있는데, 철 수세미로 힘줘 닦아도 쉽게 떨어지지 않는다.

어머니께서 홍합탕을 끓여 주는 데 인색했던 이유를 알 것 같다.

최근에는 껍질에 붙은 이물질을 제거한 세척 홍합이 많아졌지만, 족사를 떼어 내는 일만큼은 여전히 소비자의 몫이다.

족사를 떼어 내면 홍합이 죽고, 죽은 홍합은 팔 수 없으니 별수 없다.

손질 단계만 넘으면 홍합탕 조리의 칠부능선을 넘었다고 봐도 된다.

홍합탕 조리는 좀처럼 실패하기 어려운 '아빠의 요리' 수준이기 때문이다.

홍합은 별다른 부재료 없이 대충 끓여 내도 그럴싸한 맛을 낸다.

내 홍합탕 조리 경력은 얼추 20년이 넘어가는데, 그중 최고의 맛을 낸 조리법은 굵은 소금으로 간을 하고 미원 한 꼬집을 넣어 끓여낸 홍합탕이었다.

홍합의 감칠맛을 극한으로 끌어내는 조리법이라고 자부한다.

튜닝의 끝은 순정이라고 하지 않던가.

이 맛에 빠지면 무, 파, 마늘, 청양고추가 거추장스럽게 느껴진다.

홍합은 다른 조개류와는 달리 오래 끓여도 살이 그리 질겨지지 않는다.

국물이 짜다 싶으면 물을 조금 더 부으면 된다.

다른 조개보다 끓일 때 이물질이 많이 떠오르므로 이를 부지런히 국자로 걷어 내는 수고만 하면 된다.

홍합탕을 기본 안주나 술자리의 조연쯤으로 취급하면 섭섭하다.

홍합탕 하나만으로도 그럴싸한 코스 요리를 짤 수 있으니 말이다.

먼저 홍합탕을 안주 삼아 소주 한 잔을 마시자. 크으!

국물 맛도 기가 막히지만, 잘 익은 살은 그 자체로 훌륭한 안줏거리다.

껍질을 까서 살을 발라먹는 재미도 쏠쏠하다.

홍합의 암수는 살의 색으로 구별할 수 있는데, 붉은 게 암컷이고 흰 게 수컷이다.

암컷의 맛이 더 좋다고 하는데, 솔직히 내 입맛에는 둘 다 비슷하다.

홍합은 껍데기의 부피가 커서 뒷정리가 번거로운 편이다.
살을 발라먹을 때 큰 껍질 속에 작은 껍질을 집어넣어 포개면
쓰레기 부피가 줄고 뒷정리도 간편해지니 참고하자.

술자리에 곡기가 빠지면 섭섭하지 않은가.
남은 국물에 삶은 소면을 말아먹어 보자.
잔치국수 저리 가라 수준의 별미다.

소면을 삶기 귀찮다?
국물에 라면을 끓여 보자.
농심 '너구리'나 오뚜기 '오동통면' 같은 해물 베이스 국물 맛
라면과 궁합이 훌륭하다.
국물 맛이 기가 막히다.

늦은 밤에 밀가루가 부담스럽다?
그렇다면 죽을 끓여 보자.
냉장고에 있는 찬밥이나 먹다 남은 밥을 적당량의 홍합탕에
말아 냄비에 붓고 약불에 오래 끓인다.
남은 홍합 살을 넣어 끓이면 더 좋다.
쌀알이 풀어지면 불을 줄이고 김 가루를 뿌린 뒤 참기름을 한
바퀴 두르고 숟가락으로 골고루 섞어 준다.

고소한 맛과 감칠맛 사이에서 춤을 추는 강렬한 참기름 냄새.

정말 죽이는 죽이다.

이렇게 한상 차려먹고 나면 홍합을 사랑하지 않을 수 없다.

홍합탕은 내게 위로의 안주로 기억 속에 남아있다.

2008년 겨울에 나는 홀로 대천해수욕장을 찾았다.

갑작스럽게 어머니가 세상을 떠난 데 이어, 20대 전부를 함께 했던 첫사랑도 내게 이별을 고했다.

마음에 깊은 상처를 입은 난 바다를 앞에 두고 취하고 깨어나기를 반복하며 청승을 부렸다.

그러다 새벽에 눈을 뜨면 숙취로 아픈 머리를 붙잡고 비틀거리며 백사장을 걸었다.

밤새 먼 바다에서 떠밀려 온 잡동사니가 백사장에 쌓여 있었다.

나는 잡동사니 사이에서 홍합 뭉치를 발견했다.

파도에 못 이겨 양식장에서 떨어져 나와 백사장까지 떠밀려 온 듯했다.

나는 홍합 뭉치를 들고 숙소로 돌아와 대충 손질한 뒤 지난밤에 먹다 남은 '너구리' 국물에 넣고 끓였다.

밤새 차갑게 식었다가 매콤한 홍합탕으로 부활한 라면 국물이 허기를 불러일으켰다.

국물을 한 숟갈 떠먹자 온기가 온몸 구석구석으로 퍼지며 몸 안에 남은 눈물을 밀어냈다.

이후 여러 차례에 걸쳐 그 맛의 재현을 시도했는데 실패했다.
맛은 조리법대로 나오는 게 아닌가 보다.

손바닥 크기만 한 자연산 '섭'이 진짜 홍합이고, 우리가 아는
홍합은 '지중해담치'라는 사실을 모르지는 않는다.
언젠가 먹어 본 울릉도 섭의 맛은 그야말로 환상적이었다.
아기 주먹만 한 섭의 살이 내뿜는 맛과 식감은 손가락 한 마
디만 한 지중해담치와 비교 대상이 아니었다.
하지만 어쩌다 한번 맛을 볼 수 있는 귀하신 몸인 섭보다 흔하
게 먹을 수 있는 지중해담치에 더 정이 가는 것은 어쩔 수 없다.
섭은 섭섭하겠지만, 지중해담치 네가 앞으로도 그냥 홍합인
척해라.

씹어야 하는 매력, 육포

2009년 여름, 나는 1번 국도를 따라 서울에서 고향인 대전까지 홀로 걸었다.

당시 20대의 마지막 해를 보내고 있던 나는 소설을 쓰며 살 것인가 말 것인가를 두고 심각하게 고민하고 있었다.

내 머릿속은 소설로 풀어내고 싶은 이야기로 가득 차 있어서 터질 지경이었다.

하지만 내가 열심히 소설을 쓴다고 해도 등단하리라는 보장은 없었다.

운이 좋아 등단하더라도, 소설로 밥벌이를 할 가능성은 커 보이지 않았다.

무작정 고향까지 걷다 보면 답이 나오지 않을까 싶었다.

결론부터 말하자면, 1번 국도를 따라 걷는 일은 여행보다 뺄

짓에 가까웠다.

1번 국도는 파주부터 목포까지 한반도 서부의 주요 도시를 종으로 잇는 도로다.

국도 주변 환경은 결코 보행자에게 친절하지 않았다.

도시의 풍경은 낭만과 거리가 멀었고, 도시와 도시를 잇는 구간의 풍경은 황량했다.

무엇보다 나를 고통스럽게 한 건 더위였다.

한여름의 아스팔트는 불 위에 달궈진 프라이팬 같았는데, 길 위에선 열기를 피할 그늘을 찾기가 어려웠다.

허술하게 포장된 인도는 내가 힘줘 발걸음을 옮길 때마다 그 힘을 그대로 내 무릎 관절에 돌려줬다.

걸음이 쌓일수록 피로감과 외로움만 더해 갔다.

어쩌다 국도 주변에서 만나는 편의점이나 구멍가게는 가뭄의 단비와 같은 공간이었다.

그곳에서 나는 간식과 식수를 보급하면서 시원한 소주 한 병을 물병에 옮겨 담곤 했다.

힘들어 길바닥에 주저앉고 싶을 때 소주 한 모금을 마시면 희한하게 견딜 만해졌기 때문이다.

과거에 공사 현장에서 막일을 했던 아저씨들이 왜 아침부터 소주를 마시고 일했는지 조금이나마 이해할 수 있었다.

그때 내 안줏거리는 육포였다.

육포는 휴대하기 편하고 맛도 좋을 뿐만 아니라, 뱃속으로 들어가면 불어서 끼니를 때우기에도 요긴했다.

맛도 짭짤하니까 땀으로 빠져나간 염분을 보충하기에도 좋았다.

육포 덕분에 나는 배를 곯지 않고 무사히 고향까지 걸어서 도착할 수 있었다.

덕분에 소설을 쓰지 않고 후회하기보다 쓴 다음에 후회하자는 결론을 내릴 수 있었다.

옛 몽골제국의 기병들이 전 세계를 휩쓸던 시절에 소 한 마리를 육포로 만들어 말에 식량으로 싣고 다닌 이유를 알 것 같았다.

저마다 나름 안주를 고르는 자신만의 기준을 가지고 있을 테다. 나 역시 그렇다.

첫째, 맛있어야 한다.

둘째, 배부르지 않아야 한다.

셋째, 간단히 차릴 수 있어야 한다.

육포는 이 기준에 모두 부합하는 안주 중 하나다.

요즘도 나는 동네 편의점이나 대형 마트에 들르면 마른안주 쪽에서 육포를 살피는 일을 잊지 않는다.

육포가 맛있는 안주라는 데에는 이견이 드물지만, 몸에 좋은 음식인지에 관해선 이러쿵저러쿵 말이 많다.

우선 육포의 발색과 보존을 위해 쓰이는 아질산나트륨이 발암 성분이 아니냐는 논란이 있다.

무게에 비해 염분 함유량이 지나치게 높다는 지적도 나온다.

그렇게 시시콜콜 따지면 세상에 먹을 안주가 과연 몇 개나 남을까.

튀기는 조리법이 몸에 별로 좋지 않다는 사실을 뻔히 알면서도, 때 되면 치킨을 먹어 줘야 금단 증상이 풀리는 게 우리네 일상 아닌가.

일단 술부터 몸에 좋은 음식이라고 말하기 어려운데, 건강한 안주를 따지는 일이 무슨 의미가 있는지 모르겠다.

기분 좋게 먹고 마시는 게 신체 건강에는 몰라도 정신 건강에는 도움이 되지 않을까 싶다.

설사 육포가 몸에 별로 좋지 않다고 치자.

육포는 매 끼니마다 챙겨 먹는 음식이 아닐뿐더러, 그렇게 먹기도 쉽지 않다.

육포는 비싸니까.

비싸니까…….

눈물이 나네.

내가 생각하는 육포의 유일한 단점은 가격이다.

솔직히 가성비는 꽝인데 맛있어서 참는다.

술꾼이라면 육포는 대형 마트에서 '1+1' 행사를 할 때 챙겨 둬
야 할 필수 품목이다.

육포는 그냥 먹어도 맛있지만, 더 맛있게 먹으려면 참기름을
준비해야 한다.

내가 생각하는 가장 맛있게 먹는 방법은 육포에 참기름을 바
른 뒤 약불에 타지 않게 살짝 구워 내는 것이다.

이 방법이 귀찮다면 참기름을 바른 육포를 전자레인지에
30~40초가량 데워 보자.

작은 수고만으로도 맛의 레벨이 달라진다.

이마저도 귀찮다면 그냥 작은 종지에 참기름을 덜어 낸 뒤 육
포를 찍어 먹자.

나는 주로 이렇게 먹는다.

가끔 마요네즈나 청양고추와 간장을 섞어 만든 소스에 찍
어 먹기도 하지만, 역시 육포는 참기름과 가장 궁합이 좋다.

마른안주에 잘 어울리는 술은 아무래도 맥주다.

마른안주 패밀리의 상석에 있는 육포는 맥주와 찰떡궁합인
안주다.

다만 육포처럼 맛있고 배부르지 않은 안주에는 위스키나 증
류식 소주처럼 깔끔하고 배부르지 않은 술이 더 잘 어울린다

는 게 내 의견이다.

요즘에는 대형 마트나 백화점 식품 쪽에 가면 다양한 종류의
육포가 진열되어 있어 눈과 입이 즐겁다.
굽는 냄새로 침샘을 폭발하게 하는 싱가포르의 명물 '비첸향'
을 비롯해 돼지 육포, 닭 육포, 말 육포, 연어 육포 등 고기란
고기는 다 육포로 만들 수 있는 세상이다.
이것저것 다 사 먹어 봤는데 그중에서도 돼지 육포는 질감이
부드럽고, 닭 육포는 담백한 맛이 돋보였다.
하지만 육포 맛의 핵심은 씹을수록 베어 나오는 고소한 맛과
감칠맛 아닐까.

구관이 명관이더라.
역시 육포는 쇠고기로 만든 게 최고다.
어떤 육포의 맛도 쇠고기 육포의 맛을 따라가지 못한다는 게
솔직한 소감이다.

진열대에 놓인 수많은 육포 중에서 최고의 브랜드를 꼽아 보
자면, 어린 시절부터 접해 온 '코주부'의 손을 들어 주고 싶다.
식감이 부드럽고 촉촉한 육포가 많아진 요즘에는 다소 딱딱한
편이지만, 육포는 역시 오래 씹어야 제 맛 아닌가.
브랜드가 시장에서 오래 버틴 것에는 다 이유가 있다.

사실 맛의 깊이를 따지면 종갓집에서 씨간장으로 절인 한우 우
둔살로 정성스럽게 만든 육포를 따라올 제품은 없다.

하지만 그런 '하이엔드'는 지나치게 카리스마가 넘쳐 술을 즐
기기 어렵게 한다.

적당히 비싸면서도 마음만 먹으면 언제든지 손에 닿는 접근
성, 몇 개 집어먹으면 사라지는 감질 나는 양.

육포가 술상에서 다른 마른안주보다 각별하게 느껴지는 이
유는 귀함과 흔함 사이의 어딘가에 있는 쫄깃한 매력 때문인
지도 모르겠다.

누가 번데기가 뻔하대?

초등학교가 국민학교로 불리던 시절의 운동회를 추억하면, 아이들의 발끝에서 피어오른 먼지 때문에 뿌옇게 흐려진 운동장이 오래된 필름 영화처럼 떠오른다.
먼지구름을 뚫고 운동장 구석으로 발걸음을 옮기면, 아이들의 코 묻은 돈을 노리는 온갖 잡상인을 볼 수 있었다.
그 시절에 운동회가 열리는 날은 잡상인에게 대목이어서, 운동장 구석의 목 좋은 곳은 으레 이른 아침부터 자리를 잡은 그들의 차지였다.

잡상인은 아이들을 상대로 온갖 주전부리를 말도 안 되는 비싼 가격에 팔았는데, 나는 그에 혹해서 기껏 모은 용돈을 한 방에 날려 버리곤 했다.

그때 내가 가장 혹했던 주전부리는 번데기였다.
고소하면서도 짭조름한 감칠맛.
정말 맛있었다.

잡상인은 번데기를 깔때기 모양으로 만 종이에 담아 주었는
데, 그 양이 너무 적어서 다 먹고 나면 아쉬운 마음에 손가락
을 빨았다.
가성비가 엉망이니까 맛이 더 좋았는지도 모르겠다.
배부르게 먹었던 기억보다 모자라게 먹었던 기억이 머리에 오
래 남는 법이니 말이다.

이 불온한 식품에 환장하며 용돈을 탕진하는 아들의 모습을
본 어머니는 가끔 잡상인으로 변신했다.
그 시절에 살았던 집 근처에 농수산물 도매 시장이 있었는데,
시장 정문 건너편에 건어물 시장도 함께 섰다.
어머니는 농수산물 도매 시장에서 장을 보는 김에 건어물 시
장에도 들러 번데기를 한 됫박씩 사오시곤 했다.
번데기 한 되는 검은 비닐봉지를 꽉 채울 정도로 양이 많았는
데, 가격은 고작 2500원 수준에 불과했다.
잡상인은 아이들을 상대로 도대체 얼마나 남겨먹었다는 말
인가!

어머니께서 번데기를 사온 날에는 온 집안에 구수한 냄새가
넘쳤고, 나는 번데기를 숟가락으로 퍼먹는 호사를 누렸다.
어깨 너머로 본 어머니의 조리법은 간단했다.
깨끗하게 번데기를 씻은 뒤 마법의 백색 가루(MSG)와 각종 조
미료를 듬뿍 넣고 끓이는 게 전부였다.

별다른 양념도 없었다.
그런데도 기가 막히게 맛있었다.

맛의 비결이 조미료인지 어머니의 손맛인지 묻고 싶지만,
어머니는 이미 세상을 떠나신지 오래다.
먼 훗날에 어머니를 다시 만나는 날이 오면, 번데기 조리법을
꼭 여쭤 보고 싶다.

각설하고, 내가 술을 아무리 많이 마셔도 말리는 사람이 없을
만큼 나이를 먹은 뒤에 놀란 사실이 하나 있다.
번데기를 숟가락으로 퍼먹는 호사를 누려 본 사람이 나밖에
없었다는 점이다.
그런 내게 술집에서 종지에 담아 기본 안주로 내오는 번데기
는 간에 기별도 안 가는 양이다.
나는 종종 번데기를 젓가락으로 하나씩 집어먹는 지인들에
게 숟가락으로 번데기를 퍼먹었던 과거를 들려주며 허세를

부렸다.

이런 허세를 진지하게 받아들이는 지인이 있었으니, 내가 공익근무요원(현재 사회복무요원)으로 일하던 시절에 후임으로 만난 5살 많은 형님이었다.

그는 몇몇 연예 기획사에서 작곡가로 활동을 하다가 뒤늦게 공익근무요원으로 들어왔다.

한창 작곡에 빠져있던 나와 그는 음악적으로 통하는 면이 많았다.

나는 그에게서 컴퓨터로 음악을 만드는 데 필요한 미디를 다루는 요령을 많이 배웠다.

그 덕분에 나는 구상만 했던 많은 곡을 컴퓨터로 만들어 구현할 수 있었다.

내가 지난 2014년에 발표한 앨범 〈오래된 소품〉에 수록된 5곡 중 3곡이 그 시절에 습작으로 만든 곡에서 비롯되었으니, 그와 맺었던 인연은 참 알찼다고 할 수 있다.

술자리에서 내 허세를 귀 기울여 듣던 그가 조용히 내게 고백했다.

자신의 어린 시절 꿈 중 하나가 번데기를 숟가락으로 퍼먹는 일이었다고.

꿈은 함께 꾸면 현실이 된다고 하지 않던가.

그와 날을 잡은 나는 가까운 전통 시장에 들러 번데기 한 되를 샀다.

나는 어린 시절의 기억을 더듬어 가며 번데기를 세척했다.

번데기는 주방에 찌든 기름때처럼 끈적여 세척이 쉽지 않았다.

어머니께서 왜 번데기를 자주 끓여 주지 않으셨는지 몸으로 이해할 수 있었다.

나는 대충 세척을 마친 번데기를 커다란 냄비에 담아 휴대용 버너 위에 올렸다.

여기에 고향의 맛을 낸다는 조미료를 듬뿍 붓고 20여 분 끓이자 그럴싸한 냄새가 방안을 가득 채웠다.

둘은 침을 삼키며 4홉들이 소주 한 병을 따서 글라스 잔에 반씩 나눠 따랐다.

그는 소주를 한 모금 마신 후 내가 끓인 번데기를 한 숟가락 가득 퍼서 입에 집어넣었다.

잠시 후 그의 얼굴에서 행복한 표정이 피어났다.

내가 만든 음식을 누군가가 진심으로 맛있게 먹는 모습을 이날 처음 봤다.

정말 뿌듯했다.

냄비에 코를 박고 번데기를 퍼먹는 아들을 보던 어머니의 마음도 나와 비슷했을까?

요즘에는 전통 시장에서 됫박으로 파는 번데기를 보기가 쉽
지 않다.
대형 마트뿐만 아니라 동네 편의점에서도 번데기 통조림을 저
렴한 가격에 구입할 수 있는 세상이니 말이다.
브랜드와 종류도 다양해져 선택의 폭도 넓어졌다.

기분 탓일까?
아무리 번데기 통조림이 간편하고 먹을 만하다지만,
길거리에서 사 먹던 맛이나 직접 끓여 먹던 맛보다 못하다는
느낌을 지울 수 없다.

아쉬움을 달래기 위해 선택한 방법은 번데기 통조림을 활용
한 탕이다.
내 조리법은 온라인상에 떠도는 조리법과 비슷하면서도 조금
차이가 있어 따로 소개해 보려고 한다.

먼저 번데기 통조림 두 개를 준비한다.
내 경험상 한 개는 적고, 세 개는 많다.
두 개가 적당하다.

통조림을 따서 내용물을 냄비로 옮겨 담을 때 육수 조절을
잘해야 한다.

육수는 그 자체로 조미료 역할을 해 주기 때문에 꼭 필요하지만, 단맛이 강한 편이어서 양을 잘 조절해야 한다.
통조림 한 개 분량의 육수만 냄비에 넣어 살리고, 나머지는 과감히 포기하자.

그다음에 포기한 육수만큼 냄비에 물을 붓는다.
여기에 청양고추 적당량을 송송 썰어 투하한다.
다진 마늘이나 고춧가루, 쌈장을 같이 넣어 끓여도 괜찮지만 국물이 탁해진다.
취향에 따라 의견이 갈리겠지만, 청양 고추에 파 정도만 첨가해 주는 게 깔끔한 국물을 내기에 좋다고 생각한다.
이왕이면 냄비보다 1인용 뚝배기에 끓여 보자.
괜히 더 맛있게 느껴질 것이다.

불에서 내려온 뒤에도 보글보글 끓는 뚝배기 속 번데기탕의 모습은 그 자체로 아름다운 정물화다.
보기 좋은 떡이 먹기에도 좋다지 않은가.
야심한 밤에 이보다 간편하게 만들 수 있는 맛있는 술안주도 드물지 않을까 싶다.
젠장. 썰을 풀다보니 번데기가 당긴다.
가까운 편의점에 다녀와야겠다.

족발 껍질이 부르는 녹진했던 기억

지난 2009년의 어느 늦가을 날 밤 북한산의 한 사찰.

그곳에서 나는 몇 달 동안 매달렸던 두 번째 장편 소설 초고 집필을 마쳤다.

작품을 구상하고 집필하는 과정은 지난했는데, 나를 축하해 줄 사람은 없었다.

당시 나는 등단을 꿈꾸며 습작을 하는 수많은 작가 지망생 중 한 명일 뿐이었고, 문학을 전공하거나 배우지 않았기 때문에 문우도 없는 외로운 처지였다.

몇 년 전에 쓴 첫 번째 장편 소설 원고를 수많은 출판사에 투고했지만 어떤 곳도 받아 주지 않았다.

세상에 자기 이름으로 책 한 권도 못 낸 나는 남들 눈에 헛된 꿈을 가진 백수에 불과했다.

운이 좋아 책을 내도 작가로 밥벌이를 할 수 있을지 의문이었다.
그런 현실을 자각하니 초고 집필의 기쁨이 빠르게 사그라졌다.

나는 답답한 마음을 털어 내고자 노트북을 덮고 절방에서 빠
져나왔다.
나는 그길로 한참을 내려와 등산객을 상대하는 족발집에 들
러 3000원짜리 애기 족발 두 개를 샀고, 가까운 구멍가게에도
들러 소주 두 병을 챙겼다.
다시 절방으로 돌아온 나는 스산한 바람에 흔들리는 풍경(風
磬) 소리를 들으며 족발을 뜯고 소주를 마셨다.

달짝지근한 육수가 깊게 스민 따끈따끈하고 야들야들한 껍질,
촉촉함이 살아 있는 속살.
그 뒤를 쫓는 차가운 소주 한 잔은 청량했다.

부처님께는 죄송했지만 정말 맛있었다.
그래서 눈물이 났다.

그로부터 2년 후, 두 번째 장편 소설 원고는 제3회 조선일보
판타지문학상을 받으며 〈도화촌기행〉이란 제목으로 출간되
어 나를 작가로 만들어 주었다.
그보다 10년이 더 흐른 후에는 첫 번째 장편 소설 원고도 〈다

시, 밸런타인데이〉라는 제목으로 출간되어 집필 20년 만에 세상 밖으로 나왔다.

오래 묵혀 둔 원고가 뒤늦게 책으로 묶일 때마다, 나는 홀로 절방에서 애기 족발을 안주 삼아 소주를 마시던 순간을 회상했다. 한 치 앞도 보이지 않았던 그 시절을 회상하면 기분이 아련해진다.

술을 좋아하는 사람이라면 누구나 특별한 기억을 부르는 안주 하나쯤은 있을 것이다.

사실 〈도화촌기행〉 집필을 마친 그날 밤에 나는 딱히 족발을 안주로 원하지는 않았다.

그저 피로감과 해방감이 교차하는 가운데 홀가분한 마음을 소주로 달래고 싶었고, 절에서 나와 걷다가 가장 먼저 눈에 들어온 안주가 족발이었을 뿐이다.

돌이켜 보니 그 무렵부터 내 족발 취향이 바뀌었다.

쫄깃한 껍질을 가진 차가운 족발보다 물렁물렁한 껍질을 가진 뜨끈한 족발을 더 좋아하게 된 것이다.

의미 있는 순간을 함께했던 안주가 취향에도 변화를 준 게 아닐까.

앞으로도 나는 평생 그때 먹었던 족발을 잊지 못할 테다.

족발은 단언컨대 껍질 맛으로 먹는 안주다.

족발 껍질은 육수에 오랜 시간 삶으면 반투명한 짙은 갈색으로 물이 드는데, 그 빛깔만큼 술꾼을 유혹하는 빛깔도 드물다.

보기만 해도 입안에 침이 고이게 하는 빛깔이니 말이다.

족발의 맛은 빛깔로 상상할 수 있는 맛에서 크게 벗어나지 않는다.

살코기의 고소하면서도 기름진 맛과 껍질에 스며든 육수의 짭조름하면서도 달콤한 감칠맛의 절묘한 조화.

이 맛은 식혀서 내놓는 족발 껍질보다 육수에서 막 꺼내 젤리처럼 흔들리는 껍질에서 훨씬 농후하게 느껴진다.

누가 뭐래도 족발은 촉촉하고 부드러워야 맛있다.

그것은 편견이라고 반발해도 나는 내 의견을 철회할 생각이 전혀 없다.

야들야들한 족발 껍질이 입안에서 무너지며 혓바닥을 덮는 순간, 소주 한 잔을 건너뛰면 족발에 대한 예의가 아니다.

와인을 잘 아는 이들은 '마리아주'라는 말을 입에 달고 산다.

와인을 잘 모르는 나도 입안에서 족발 껍질과 소주가 결합하는 순간만큼은 '마리아주'라고 표현하며 허세를 부리고 싶다.

그만큼 족발과 소주의 결합은 환상적이다.

흔한 조합은 아닌데, 위스키도 족발과 은근히 잘 어울리는 술이다.

'탈리스커'나 '조니워커'처럼 스모키한 위스키에 족발을 더해 보자.

족발의 캐러멜 향과 위스키의 알싸한 향이 희한하게 잘 어울려 훌륭한 '마리아주'를 경험할 수 있다.

족발은 오랜 시간 동안 불을 써야 조리할 수 있는 안주다.

내 손으로 집에서 족발을 만들어 먹는 일은 쉽지 않다.

족발이 치킨, 피자와 더불어 배달 음식 삼대장의 한자리를 차지하는 이유일 테다.

나는 이사할 때마다 가까운 족발집 목록을 뽑아 두루 주문해 먹어본 뒤 한곳에 정착한다.

배달 앱 별점만 믿다가는 자신의 입맛에 맞는 족발집을 놓칠 수 있기 때문이다.

다행히 내가 사는 김포 양촌과 가까운 곳에 꽤 괜찮은 족발집이 있어서 고민을 덜었다.

배달 앱 별점만으로 판단했다면 지나쳤을 족발집이다.

집과 가까운 곳에 언제든지 믿고 배달시켜 먹을 수 있는 맛있는 족발집 하나가 있다는 건 복된 일이다.

가끔 배달 앱이 대중의 입맛을 획일화시키는 건 아닌지 의심이 들 때가 있다.

멀리서 보면 비슷해 보여도 가까이서 보면 까다롭고 천차만

별인 게 사람 입맛 아닌가.

누가 뭐래도 자신의 혀가 자신에게 정답이다.

족발에 관한 썰을 풀다 보니 문득 또 다른 술자리 풍경이 떠오른다.

나는 신문 기자로 일하던 시절에 여러 부서를 떠돌아다녔는데, 가장 즐겁게 근무했던 때는 문화부에서 대중음악 취재를 맡았을 때다.

당시 나는 홍대 앞에서 활동하는 여러 인디 뮤지션과 친분을 맺었고, 홍대 앞과 가까운 공덕동 족발골목에서 그들과 종종 만나 함께 술잔을 기울이곤 했다.

족발만큼 저렴한 가격에 든든하게 배를 채울 수 있는 안주가 없었다.

그곳에서 나는 그들과 족발을 손에 들고 술에 취해 시시껄렁한 이야기를 나누며 키득거렸다.

내 생에 가장 팔자 좋았던 시절 중 하나다.

그 시절에 맺은 인연은 내가 기자 명함을 버린 후에도 오랫동안 꾸준히 이어져 내 일상을 풍성하게 만들어 주었다.

관객이 공연장에서 마스크를 완전히 벗는 날이 와야 공연의 열기도 되살아날 테다.

공연은 뮤지션과 관객이 서로 표정을 확인하며 교감할 때 완성되는 예술이니 말이다.

나는 무대 아래에서 마스크를 벗고 그들을 향해 목이 쉬도록 환호하고 싶다.

공연이 끝난 후에는 그들과 함께 족발을 뜯으며 술에 취해 예전처럼 시시껄렁한 이야기를 나누고 싶다.

그동안 고생이 많았다는 위로를 곁들이면서.

족발은 역시 가까운 사람과 점잖지 못하게 먹어야 더 맛있는 안주다.

훈제 연어 한 점에 내 혀는 춤춘다

패밀리 레스토랑.

요즘에는 촌스러운 장소로 취급되는 감이 없진 않지만, 2000년
대 초중반에는 이곳에서 식사하는 일이 요즘 인스타 맛집 투
어처럼 꽤 '힙한' 일이었다.

당시만 해도 어느 매장으로 가든 30분 이상 대기하는 일이 기
본일 정도로 패밀리 레스토랑의 인기는 대단했다.

아웃백, 빕스, 베니건스, 씨즐러, 마르쉐, 애슐리 등 다양한 패
밀리 레스토랑이 경쟁을 벌였는데, 그중에서 나는 빕스를 가
장 좋아했다.

이유는 단 하나, 훈제 연어 때문이었다.

내가 훈제 연어를 처음 접한 건 스무 살 무렵 여자 친구와 함
께 빕스에 들렀을 때였다.

나는 매장에 차려진 다양한 먹거리 앞에서 빈 접시를 든 채 갈
피를 잡지 못하다가 훈제 연어 앞에서 걸음을 멈췄다.
생김새는 분명히 회인데, 그동안 먹어 온 회와는 다르게 생
겨 흥미를 끌었다.
훈제 연어는 대형 접시에 채워지자마자 동이 날 정도로 인
기가 좋았다.
낯선 음식이었지만, 매장에서 가장 맛있는 음식임이 분명했다.
더 고민할 이유가 없었다.

접시에 소심하게 몇 조각 담은 훈제 연어를 입에 넣어 오물거
리는 순간, 나는 새로운 맛의 세계에 눈을 떴다.

짭조름하고 기름진 풍부한 감칠맛.
숨을 내쉴 때마다 짙게 느껴지는 훈연된 향.
회인 듯, 회가 아닌, 회 같은 희한한 맛.

처음 맛을 보는 음식인데도 정말 맛있었다.
그동안 먹어 왔던 생선회와는 또 다른 매력을 가진 맛이었다.
소주 생각이 절로 났는데, 빕스의 메뉴판에 적힌 술은 와인
과 맥주뿐이었다.
와인은 비쌌고, 맥주는 아까웠다.
이 맛있는 안주에 곁들일 소주가 없다는 사실이 몹시 아쉬웠다.

그날 나는 이번 기회가 아니면 언제 또 먹어 보겠느냐는 심
정으로 술도 없이 훈제 연어만 몇 접시를 가져다 게걸스럽
게 먹었다.

결국 배탈이 나 화장실을 여러 차례 오갔지만 후회하진 않았다.

알고 보니 훈제 연어는 패밀리 레스토랑에서만 접할 수 있는
안주가 아니었다.

훈제 연어는 대형 마트에서도 쉽게 접할 수 있는 안주였다.

그렇다고 쉽게 접할 수 있다는 말이 쉽게 살 수 있다는 말과
같진 않다.

훈제 연어는 대형 마트에서도 꽤 비싼 축에 드는 안주였으
니 말이다.

그 시절에 갓 스물을 넘긴 대학생의 주머니 사정은 뻔하지
않은가.

냉동 해산물 쪽에서 얇은 지갑을 확인하며 한숨을 쉴 때마
다, 훈제 연어를 안주 삼아 소주를 마시고 싶다는 욕망은 점
점 커졌다.

간절했던 욕망은 조금 부끄럽게 실현되었다.

돈을 모아 여자 친구와 함께 빕스에 다시 입성한 나는 비장한
심정으로 가방에서 물병을 꺼냈다.

물병에는 소주가 들어 있었다.

나는 잔에 담긴 물을 모두 마셔서 비운 뒤 물병에 담아 온 소
주를 빈 잔에 따랐다.

잔 옆에는 훈제 연어가 가득 담긴 접시가 놓였다.

나는 미어캣처럼 수시로 주위를 살피며 떨리는 마음으로 소
주를 홀짝였다.

미지근해진 소주는 비렸지만, 그 비린 맛을 덮는 훈제 연어의
맛은 나를 미치게 했다.

매장에 소주를 밀반입했다는 죄책감은 곧바로 사라졌다.

고기도 먹어본 놈이 맛을 안다고, 욕망의 불꽃은 한번 꺼트린
다고 사라지는 게 아니었다.

빕스에서 훈제 연어를 먹고 온 다음 날이면, 전날에 배가 불러
도저히 먹을 수 없어 두고 온 훈제 연어가 눈앞에 아른거렸다.

그렇다고 비싼 패밀리 레스토랑에 자주 갈 순 없는 노릇 아
닌가.

나는 과외 등 아르바이트로 번 돈이 지갑에 들어오는 날이면,
대형 마트에 들러 훈제 연어를 구입했다.

어쩌다 '1+1'으로 묶어서 훈제 연어를 파는 날은 계를 탄 날
이나 다름없었다.

훈제 연어를 사서 좁은 고시원 방으로 돌아가는 발걸음은 행
복했다.

문제는 양이었다.

대형 마트에서 파는 훈제 연어는 보통 200~300g 단위로 포장
되어 있고, 가격도 1만 원이 넘었다.

비싸고 배불리 먹기에도 턱없이 부족한 양이다.

고민 끝에 나는 훈제 연어를 여러 조각으로 잘랐다.

양이 적은 훈제 연어를 최대한 오래 먹기 위한 나름의 고육
지책이었다.

돌이켜 보니 우습고 애잔한 풍경이다.

훈제 연어는 기름져 많이 먹으면 느끼한 음식이다.

패밀리 레스토랑에선 훈제 연어를 먹을 때 케이퍼나 홀스래
디시 소스를 곁들여 느끼함을 달래지만, 대형 마트에서 산
훈제 연어를 집에서 먹을 땐 그런 걸 챙기는 일이 귀찮았다.

김치나 단무지를 곁들이는 게 내 입맛에 더 낫기도 했고.

그래도 훈제 연어만 먹기는 뭔가 심심했다.

간단히 곁들일 음식을 고민하던 나는 여러 차례 시행착오 끝
에 최적의 조합을 찾아냈다.

바로 날치 알이었다.

훈제 연어로 날치 알을 싸서 먹으니 식감뿐만 아니라 맛도
좋아졌다.

훈제 연어가 다른 날음식과 비교해 부족한 점은 식감이다.

씹기도 전에 입안에서 무너지는 훈제 연어의 식감이 좋다고

말하긴 솔직히 어렵다.

입에서 훈제 연어와 뒤섞인 날치 알은 씹을 때마다 식감을 더하는 한편 감칠맛까지 보탰다.

이 조합으로 내가 지금까지 비운 소주병이 얼마나 되는지 셀 수가 없다.

곁들이는 음식도 중요하지만, 사실 훈제 연어의 맛을 더하는 요소는 인내다.

훈제 연어는 대부분 냉동 상태로 유통되기 때문에 먹기 전에 해동이 필수다.

처음에는 그저 먹고 싶은 마음이 급해 덜 녹은 훈제 연어를 씹기도 했고, 심지어 전자레인지에 넣어 익히는 만행을 저지르기도 했다.

덜 녹은 훈제 연어는 입안에서 겉돌았고, 전자레인지에서 익은 훈제 연어는 값싼 생선 구이보다도 맛이 없었다.

급히 입안으로 들어간 훈제 연어의 식감과 맛은 그야말로 최악이었다.

그러던 어느 날 나는 훈제 연어를 실수로 냉동실이 아닌 냉장실에 며칠 보관했다가 시간이 더해 주는 맛의 차이를 실감했다.

냉장실에서 오랫동안 자연스럽게 해동한 연어의 맛은 패밀리 레스토랑에서 먹는 맛 이상으로 훌륭했다.

마치 숙성이라도 된 듯.

그렇다.
세상에 억지로 멱살잡이해서 이뤄지는 일은 드물다.
그런 일은 반드시 부작용을 남긴다.
해동 과정 하나 때문에 맛이 확 바뀌는 훈제 연어처럼 말이다.
무슨 일이든 제대로 도모하고 이루려면 기다리는 시간이 필요하다.

패밀리 레스토랑에 소주를 몰래 챙겨가는 부끄러운 짓은 이미 오래전에 지나간 일이고, 예전처럼 대형 마트에서 훈제 연어의 가격을 보고 벌벌 떠는 일도 없다.
하지만 나는 지금도 훈제 연어를 한꺼번에 여러 개씩 구입하지 않고, 여러 조각으로 나눠서 천천히 먹는 일도 멈추지 않고 있다.
맛있는 안주는 아쉬움이 남을 만큼만 먹어야 더 맛있다.
소싯적에 고시원 방에서 그랬던 것처럼.

소주를 마셨으니까, 평양냉면

좋아하는 사람은 싫어하는 사람을 이해하지 못하고, 싫어하는 사람은 좋아하는 사람을 이해하지 못하는 음식 중 최고봉은 단연 평양냉면이 아닐까 싶다.

짙은 육향과 깊은 감칠맛이 느껴진다는 찬사와 걸레 빤 물처럼 밍밍한데다 비싸다는 비난 사이에 건너기 어려운 강이 흐르게 된 이유 중에는 '면스플레인'이 있다.

'빠'가 '까'를 만든다고 하지 않던가.

평양냉면의 대단함에 관해 일장 연설을 늘어놓아봤자 사주고도 뒤에서 '꼰대' 소리를 듣기 십상이다.

'면스플레인'의 심정을 모르지는 않는다.

도대체 무슨 맛으로 먹느냐고 투덜대다가, 자신도 모르는 사이 새로운 맛의 세계에 눈을 뜬 경험을 했으니 말이다.

이 맛을 모르고 살아간다는 게 몹시 안타까운 거다.

궂은날에도 애타게 거리에서 전도하는 신앙인의 마음처럼.

전략을 바꿔야 한다.

후줄근한 차림으로 느닷없이 다가와 인상이 좋아 보인다며 도를 아느냐고 물어봤자 반감만 살뿐이다.

다들 거리에서 겪어 보지 않았는가.

내 경험을 비춰 보면, 평양냉면 전도에 가장 좋은 방법은 느닷없이 젖어들게 하는 거다.

그러려면 입을 닫고 지갑을 열어야 한다.

평양냉면집에 가면 어복쟁반, 불고기, 수육, 제육, 녹두전, 만두 등 냉면을 즐기지 않는 사람도 얼마든지 맛있게 먹을 만한 음식이 있다.

맛있는 음식은 곧 맛있는 안주이기도 하다. 공교롭게도 평양냉면집에서 나오는 음식 모두 소주와 잘 어울린다.

테이블 위에 오른 음식을 안주 삼아 소주 몇 잔을 마시다 보면, 자연스럽게 국물로 마실 무언가를 찾게 된다.

그때가 바로 평양냉면을 거부감 없이 맞이할 최적의 타이밍이다.

찬 소주가 혀에 남긴 씁쓸한 맛을 육수로 헹군 뒤 후루룩 면을 빨아들여 씹다 보면, 구수한 향과 담백한 맛이 입안에서 어우러져 처음 먹었을 때보다 짙은 여운이 느껴진다.

혀가 예민해졌다는 신호다.

그때 육수를 한 모금 더 마신다.

이게 뭐지?

조금 전에는 잘 느껴지지 않았던 감칠맛이 혀 위에서 폭발한다.

다른 음식이 눈에 들어오지 않고 자꾸 육수가 당긴다.

육수를 마시면 바로 소주가 당기고, 소주를 마시면 다시 육수
가 당기는 즐거운 악순환!

'면스플레인'을 굳이 할 필요가 없다.

몇 차례 평양냉면집에 더 오면 상대방이 먼저 선주후면(先酒後
麵)이라는 말이 왜 나왔는지 알겠다고 고해성사를 할 테니까.

내가 바로 이런 과정을 거쳐 평양냉면과 소주를 사랑하게 되
었다.

지난 2011년 말에 내가 두 번째 신문사로 이직한 직후의 일
이다.

편집국장은 점심시간에 나와 동기로 묶인 기자들을 데리고 충
무로의 필동면옥으로 향했다.

그곳에서 나는 평양냉면과 첫 인연을 맺었다.

냉면이 나오기 전에 제육을 담은 접시가 먼저 나왔다.

그곳에서 먹은 제육의 맛은 내 상식에서 벗어나 있었다.

쫀득하면서도 탄탄한 제육의 식감과 새콤하면서도 달달한 양념장의 조화, 여기에 새우젓과 편마늘을 곁들이니 소주 몇 잔이 절로 넘어갔다.

이후 전국의 여러 평양냉면집을 돌아다니며 적지 않은 소주병을 비웠지만, 제육만큼은 필동면옥을 능가하는 집이 없었다.

맛있는 제육을 먹으니 처음 접하는 평양냉면을 향한 기대도 커졌다.

생수처럼 맑은 육수와 그 위에 먼지처럼 떠 있는 고춧가루가 낯설었지만, 이미 제육과 소주로 몸과 마음을 연 나는 평양냉면을 남들보다 수월하게 받아들일 수 있었다.

육수를 모두 비운 그릇이 그 증거였다.

그날 테이블에 제육이 없고 달랑 평양냉면뿐이었다면, 내가 과연 평양냉면과 친해질 수 있었을까.

진입 장벽이 있는 음식은 그 장벽을 무너뜨릴 계기를 마련해주어야 한다.

나는 운이 좋았다고 생각한다.

그런 경험 때문에 나는 평양냉면을 처음 접하는 사람을 냉면집에 데려가는 일이 생기면 반드시 다른 음식과 소주를 함께 주문해 대접한다.

상대방이 가위로 면을 잘라도, 육수에 식초를 뿌려 먹어도 안타까워하지 않는다.

나는 그저 말없이 평소 먹던 대로 먹을 뿐이다.

그런 자리를 통해 상대방이 평양냉면과 인연을 맺으면 좋은 일이고 아니면 마는 거다.

어차피 인연을 맺을 사람은 맺는다.

그 어떤 안주보다 소주와 훌륭한 마리아주를 자랑하는 평양 냉면이지만, 결정적인 단점이 하나 있다.

바로 집 근처에서 쉽게 먹을 수 있는 음식이 아니라는 점이다.

평양냉면은 유명세에 비해 다루는 음식점의 수가 매우 적은 편이다.

평양냉면은 금단 증상이 꽤 심각한 음식인데, 먹고 싶을 때 먹을 수 없다는 건 치명적이다.

금단 증상을 견디지 못한 나는 여러 차례 시행착오 끝에 유사 평양냉면 조리법을 만들어 냈다.

금단 증상을 완벽하게 해결해 줄 수는 없어도, 다음 금단 증상이 올 때까지 진정제 역할을 충분히 해 줄 수 있는 조리법이어서 여기에 공유한다.

대형마트 간편식 쪽에 가서 양지 육수를 장바구니에 담는다.

평양냉면 육수의 핵심이 소고기 양지 육수라는 점에서 착안했다.

그다음에는 라면 쪽으로 가서 청수물냉면이 있는지 살핀다.
100% 메밀로 만든 제품의 맛이 가장 좋다.

집으로 돌아와 물병에 양지 육수, 청수물냉면에 포함된 육수,
적당량의 물을 넣고 섞는다.
여기에 미원을 살짝 뿌려 감칠맛을 더한다.

이 간단한 조리법만으로도 평양냉면 육수와 꽤 비슷한 맛을
낼 수 있다.
나만큼 평양냉면이라면 사족을 못 쓰는 아내 박준면 배우도
인정한 맛이다.
청수물냉면 포장지에는 면을 4분 동안 익히라고 적혀 있는
데 조금 짧다.
5분 30초 정도 익히면 실제 평양냉면과 유사한 식감을 낼
수 있다.
다만 인스턴트식품이어서 구수한 메밀 향을 기대하기 어렵다
는 게 아쉬운 부분이다.

삶아낸 면을 그릇에 담은 뒤 육수를 붓고 그 위에 양지 육수
에 함께 들어있던 고기를 고명으로 올린다.
삶은 달걀이나 파, 오이를 면 위에 올리면 더 그럴싸한 모양
이 된다.

먹을 준비가 끝나면 냉장고에서 소주 한 병을 꺼낸다.

빈속에 소주 한 잔을 마신 뒤 육수를 마셔 보자.

말도 안 되게 간단한 과정으로 만든 육수인데도 그 맛이 꽤 괜찮아서 놀라울 테다.

더운 여름에 마땅한 소주 안주가 없을 때 식사를 겸한 안주로도 딱이다.

남은 육수는 하루 이틀 냉장고에 묵혔다가 냉면을 만들 때 사용해 보자.

더 맛이 좋아져서 어이가 없다.

이게 뭔가 싶어 어이없었다가 느닷없이 빠져들었던 노포의 평양냉면처럼 말이다.

계란을 특별하게 만들 마법의 가루

달걀.
참으로 흔한 식자재 아닌가?

삶아먹든,
부쳐먹든,
지져먹든,
구워먹든,

기본 이상의 맛을 보여 주는 데다 영양도 만점이어서 완전식품으로 불리는 달걀.
여기에 가격까지 저렴한 편이니 이만큼 훌륭한 식자재도 드물다.
배기가스 냄새를 독하게 만들기는 하지만.

이 훌륭한 식자재의 단점은 장점과 동일하게 흔하다는 거다.

흔한 식자재는 흔하다는 이유만으로 밥상에서 주연 대접을 받지 못하는 경우가 많다.

지금까지 밥상에 올랐던 달걀의 지위를 떠올려 보자.

있으면 좋고, 없어도 크게 아쉽지 않은 존재 아니었던가.

달랑 달걀과 김치만 오른 밥상은 왠지 모르게 초라하게 느껴진다.

달걀이 흔한 식자재가 아니었다면 과연 그런 대접을 받았을까?

달걀을 한 개라도 먹은 날은 인스타그램에 올릴 사진을 찍느라 바쁜 날이 되었을 테다.

식자재로서는 흔할지 몰라도, 안주로서 달걀은 내게 꽤 특별하다.

내가 달걀을 안주로서 높이 평가하게 된 이유는 20여 년 전 공익근무요원으로 복무하던 시절의 경험 때문이다.

나는 2002년 말부터 2005년 초까지 고향인 대전에 있는 한 정수장에서 공익근무요원으로 복무했다.

당시 나를 비롯한 여러 공익근무요원에게 주어진 업무는 정문 경비였다.

경비는 A · B · C조 3조로 나뉘어 3교대로 이뤄졌다.

나는 B조에 속해 있었고, B조의 조장은 정년을 앞둔 나이 든

청원 경찰이었다.

조장은 소주를 무척 좋아했다.

업무가 끝나면 조장은 4홉들이 페트병 소주를 조원들과 함께 글라스로 나눠마셨다.

이때 안주는 늘 삶은 달걀이었다.

조장은 오랜 세월의 경험을 통해 터득한 나름대로의 달걀 삶기 매뉴얼을 가지고 있었다.

그 매뉴얼은 낡은 커피 포트에 달걀 5개를 넣고 15분 동안 삶기였다.

물이 끓을 때 김이 새 나오지 않도록 커피포트 주둥이를 작은 스푼으로 막는 일 또한 잊지 말아야 할 과정이었다.

조장의 매뉴얼은 기가 막혔다.

이 매뉴얼대로 삶으면 실패 없이 반숙 달걀이 만들어졌다.

여기에 달걀 맛을 더해주는 비장의 무기가 있었으니,

바로 라면 스프였다.

조장은 늘 소금 대신 라면 스프로 달걀의 간을 맞췄다.

라면의 종류는 상관없었다.

그저 라면 스프이기만 하면 충분했다.

흘러내리기 직전인 노른자의 농후한 감칠맛과 라면 스프의 매콤한 감칠맛이 입안에서 이뤄내는 조화.

신세계였다.
정말 맛있었다.
차가운 소주 한 모금이 혀 위에 남긴 비릿한 쓴맛이 이토록 기
분 좋게 사라질 줄은 몰랐다.

당시 경험은 지갑이 가볍다 못해 텅텅 비었던 시절의 내게 큰
위로가 되었다.
공익근무요원 복무를 마친 나는 대학에 복학했고, 그 뒤로 꽤
오래 홀로 자취하는 세월이 이어졌다.
그 시절에 내가 가장 오래 머물렀던 주거 형태는 고시원이
나 원룸이었다.
창문 없는 고시원에서 버티다가, 버틸 수 없는 지경에 이르면
돈을 조금 더 주고 창문 있는 고시원으로 이동했고, 약간 여유
가 생기면 반지하 원룸으로 살림을 옮기며 살았다.

주거비용과 환경은 정직하게 비례함을 몸으로 배웠다.
주거비용이 내려갈수록 공간은 좁아지고 단열이 열악해져 겨
울엔 추위를, 여름엔 더위를 고스란히 느낄 수 있었다.
그나마 고시원이 원룸보다 나은 점은 딱 하나, 식사가 공짜
라는 점이었다.

입주자에게 밥과 김치는 물론 라면과 달걀을 공짜로 제공하는 고시원도 많았다.
고시원이 제공하는 모든 음식은 내게 끼니이자 안줏거리였다.
그중에서도 달걀은 내게 각별했다.

나는 공용 냉장고에 비치된 달걀을 혼자 여러 개를 먹는 게 눈치 보여서 매일 한 개씩 챙겨 내 좁은 방의 작은 냉장고에 넣어 뒀다.
그렇게 일주일을 보내면 냉장고에 달걀 예닐곱 개가 모였다.
달걀이 모이면 나는 가까운 동네 마트에서 소주를 사 온 뒤 공용 주방에서 달걀을 반숙으로 삶았다.
달걀을 삶는 동안 나는 고시원이 제공하는 라면 한 봉지를 뜯어 스프를 작은 접시에 담고 면을 잘게 부쉈다.
좁은 방안에서 작게 음악을 틀고 창밖을 바라보며 찬 소주 한 잔을 삼킨 뒤, 뜨끈한 달걀 반숙을 라면 스프에 찍어 먹으면 울적했던 기분이 조금은 나아졌다.
뜻대로 되는 게 아무것도 없어 힘들었던 20대 말의 나는 이런 술자리를 홀로 자주 마련하곤 했다.
돌이켜 보면 참으로 궁상맞았던 술자리지만, 그런 술자리 덕분에 그 시절을 건널 수 있었다.

문득 나 혼자 추억에 젖어 이 가난해 보이는 안주를 특별하게 여기는 게 아닌가 하는 의문이 들었다.

언젠가 나는 집에서 간식으로 달걀을 삶는 아내에게 슬쩍 라면 스프를 들이밀어 봤다.

이렇게 먹는 건 처음이라며 고개를 갸우뚱거리던 아내도 한번 맛을 보더니 바로 빠져들어 이후에도 종종 이 조합을 즐긴다.

나는 내 입에만 맛있는 안주는 아니었음을 확인하며 안도했다.

요즘에는 반숙 달걀을 꽤 사치스러운 방법으로 안주 삼아 먹는다.

특히 양념에 다양한 변화를 주면서 어울리는 조합을 몇 개 찾았다.

노른자에 굴 소스를 살짝 뿌려 먹어 보자.

이 조합은 덧셈이 아니라 곱셈이다.

입안에서 감칠맛이 몇 배로 폭발한다.

괜히 빼갈이 생각나는 맛이다.

이보다 더한 사치도 있다.

고급 중국 음식에 쓰이는 XO장을 노른자에 올려 먹는 거다.

말린 조개 관자와 전복 등 귀한 건해물을 아낌없이 쏟아부어 농축한 감칠맛과 고추 기름의 매운 맛이 노른자와 만나 입안에서 벌이는 티키타카.

이 조합은 덧셈과 곱셈을 넘어 제곱이다.

이 자체만으로도 충분히 일품 요리라고 부를 수 있을 정도로
기가 막힌 맛을 자랑한다.

그런데 이상한 일이다.
이런저런 양념을 찾아 헤매다가도 돌아오는 곳은 늘 라면 스
프였다.
그렇게 많이 먹었으면 지겨울 만도 한데, 나는 지금도 달걀
반숙에는 라면 스프를 더하는 게 최고의 조합이라는 생각을
지울 수 없다.
분명히 맛은 굴 소스나 XO장을 곁들이는 게 훨씬 좋은데도
말이다.
아무래도 내게 있어 달걀에 깊은 맛을 더해 주는 양념은 가난
했던 시절의 추억인가 보다.

잊을 수 없는 세 번의 인생 꼬치구이

20대 시절 몇 년 동안 여러 고시원을 전전하며 보냈던 여름
은 혹독했다.
2평도 안 되는 좁은 방은 여름이면 인내를 시험하는 장이었다.
창문을 활짝 열어도 내부 공기의 순환이 제대로 이뤄지지 않
았고, 공용 에어컨 운전 시간은 몹시 짧았다.
책상 위에 놓인 작은 선풍기에선 더운 바람이 쏟아져 나왔다.
억지로 잠을 청하다가 더위를 먹고 죽을 것 같아서 방에 비치
된 작은 냉장고 안에 머리를 들이민 적도 있었다.
더위에 몹시 취약한 내가 어떻게 그 시절을 견디며 건너왔
나 싶다.

열대야 때문에 잠 못 드는 날엔 취기에 기대어 잠을 청하려고
차가운 소주를 들이켜곤 했다.

더위에 지쳤을 땐 든든한 음식을 안주로 먹어야 그나마 버틸 수 있는데, 그런 음식은 대개 삼계탕처럼 뜨끈하고 차리기에도 번거롭다.

뜨거운 방에 앉아 뜨거운 안주를 번거롭게 차려먹을 엄두가 나지 않았다.

그때마다 내가 자주 선택한 안주는 가까운 포장마차에서 파는 닭꼬치였다.

뜨겁지 않고, 고기를 씹는 기분을 느낄 수 있어서.

치킨이 더 낫지 않느냐는 반문도 있겠지만, 내게 닭꼬치와 치킨은 달라도 너무 다른 안주다.

같은 닭고기여도 꼬치에 꽂혀 있는 닭고기가 더 맛있게 느껴진다.

닭고기가 아니어도 좋다.

비엔나소시지, 마늘, 은행 등 흔한 안주도 꼬치에 꽂혀 있으면 왠지 더 특별하게 보인다.

나만 이런 기분을 느끼는 걸까?

아무튼 나는 꼬치구이라면 여전히 환장하고 먹는다.

내겐 꼬치구이에 관한 강렬한 기억 세 가지가 있는데, 첫 번째 기억은 1987년으로 거슬러 올라간다.

비가 많이 내려 방에 물이 찼다는 기억이 아직도 남아있음을 미루어 볼 때, 아마도 계절은 여름이었을 테다.

당시 7살이었던 나는 서울의 한 술집에서 생전 처음 꼬치구이를 먹었다.

나는 그 술집의 상호가 '투다리'였음을 확실하게 기억한다.

술이 뭔지도 모르는 까마득한 어린 시절의 기억이지만, 지금까지 생생한 걸 보니 그만큼 꼬치구이가 맛있었나 보다.

대전 토박이인 나는 1985년부터 1987년까지 잠시 서울 천호동에 거주했었다.

당시 아버지는 먹고살기 위해 일거리를 찾아 가족을 모두 데리고 낯선 서울로 이주했다.

아무런 연고가 없는 곳에서 일거리를 찾기 쉽지 않으니 삶이 팍팍했다.

마땅한 반찬이 없어 간장에 밥을 비벼 끼니를 때우는 일이 허다했다.

또래 동네 아이들이 유치원에 있는 동안, 나는 홀로 동네 빈 골목에서 흙을 만지며 놀았다.

혼자 놀기 심심하면 부업을 하는 어머니 옆에서 함께 조화를 만들기도 했다.

내가 투다리에서 꼬치구이를 먹은 날은 아마도 아버지께서 얼마 안 되는 월급을 받아온 날이었을 테다.

그날 아버지는 함께 일하는 사람들과 술잔을 기울이며 내게 꼬치구이 하나를 건네 주셨다.

달달하면서도 짭짤하고 쫄깃한 맛.
고기는 고기인데 그동안 먹어본 고기는 아니었다.
아주 맛있었다.

두 번째 기억은 대전에서 엑스포가 열렸던 1993년 여름 안
에 있다.
한빛탑과 테크노피아관 입구에 늘어선 끝없는 관람객의 행렬,
선녀처럼 아름다운 도우미 누나들을 봐도 무덤덤했던 나는 온
갖 먹거리를 파는 노점상 앞에서 흥분했다.
그중에서 나를 가장 흥분시킨 먹거리는 꼬치구이였다.
나는 미취학 아동 시절에 먹었던 꼬치구이를 오랜만에 발견
해 침을 흘렸다.
꽤 오랜 시간이 지났지만, 정체를 알 수 없는 저 꼬치구이가
무척 맛있었다는 기억 하나만큼은 확실하게 내 머릿속에 각
인되어 있었기 때문이다.
그날 나는 꼬치구이의 재료가 닭 염통이란 사실을 처음으로
알게 되었다.
여담인데 투다리에서 먹었던 닭 염통 꼬치와 달리, 엑스포 행
사장 주변 노점에서 파는 닭 염통 꼬치 끝엔 구운 마늘도 함
께 꽂혀 있었다.

구운 마늘의 맛은 아리지 않으면서도 구수했다.
그때 나는 마늘이 처음으로 맛있는 음식임을 깨달았다.

그 시절의 기억 때문일까.
내게 꼬치구이의 표준은 투다리에서 먹는 닭 염통 꼬치다.
지금도 나는 꼬치구이집에 들르면 닭 염통 꼬치부터 주문한다.
닭 염통이 다른 부위보다 훨씬 저렴하다는 걸 알지만, 내 입에
는 여전히 훌륭한 맛이다.
어린 시절에 한번 새겨진 입맛을 지우기가 참 어렵다.

세 번째 기억 속 꼬치구이는 내 인생을 바꿨다.
2014년 여름, 나는 한 여성 싱어송라이터 겸 배우와 홍대 앞
에서 인터뷰를 마친 뒤 술자리를 가졌다.
자리를 여러 차례 옮겨가며 술을 마셨는데, 여성과 단둘이 이
렇게 술을 오래 마셔 본 건 처음이었다.
그녀는 내게 정말 맛있는 집이 있다며 나를 땡땡이골목에 있
는 한 꼬치구이집으로 이끌었다.

그녀는 그곳에서 소 막창 꼬치구이를 주문했다.
쫄깃한 식감과 고소한 맛,
여기에 식욕을 돋우는 불 향.

지금까지 먹어 본 모든 꼬치구이 중 최고의 맛이었다.

소 막창을 구이나 볶음으로 먹어 본 경험밖에 없었던 나는 그 날 새로운 맛의 세계를 봤다.
소 막창을 꼬치에 꽂아 굽지 않았다면 과연 그런 기가 막힌 맛을 느낄 수 있었을까.
꼬치구이는 맛있는 안주를 더 맛있게 만들어 주는 희한한 마법을 부린다.
보기 좋은 떡이 먹기도 좋다는 옛말에 틀린 게 없다.

그 맛을 잊지 못한 나는 퇴근 후 종종 그녀와 함께 그곳에서 소 막창 꼬치구이를 먹으며 소주잔을 기울였다.
그로부터 1년이 흐른 뒤 그녀가 내 아내가 될 줄은 그땐 상상도 하지 못했다.
아내와 함께 지금까지 수많은 술잔을 기울였지만, 그날의 기억 때문인지 꼬치구이와 함께하는 술자리가 여전히 각별하게 느껴진다.

지금도 나는 부지런히 나이 들고 있지만, 꼬치구이를 먹을 때만큼은 아버지와 함께 처음 투다리에 갔던 7살 여름이나 엑스포 행사장을 신나게 돌아다녔던 13살 여름으로 되돌아갈 수 있다.
처음 아내와 만났던 34살의 여름도 꼬치구이와 함께라면 더 촉촉하고 아련하게 머릿속에 재생된다.

아마도 나는 죽을 때까지 그 세 번의 여름과 꼬치구이를 잊
지 못할 것이다.

좋은 안주는 좋았던 시간으로 기억을 되돌리는 타임머신이다.

곱창은 폭탄, 막창은 더 폭탄

혀를 즐겁게 하는 음식은 몸에 좋지 않다는 말을 듣고, 몸에
좋다는 음식은 맛있다는 평가를 받지 못한다.

빈말로라도 '건강식' 소리를 못 듣는 술에는 몸에 좋다는 음
식보다 혀를 즐겁게 하는 음식이 안주로 훨씬 잘 어울리니 환
장할 노릇이다.

폭탄에 폭탄을 더해 몸속으로 쏟아붓는 꼴이니 말이다.

그런데도 그 순간만큼은 즐겁다고 자폭을 마다하지 않는 게
술꾼 아닌가.

술꾼은 역시 못 말릴 종족이다.

수많은 폭탄 같은 안주 중에서 가장 강한 화력을 자랑하는 안
주는 무엇일까.

몸에 좋지 않다는 말을 듣는 음식은 대체로 맵거나 짜고 달

거나 기름지다.

그중에서도 기름진 음식이 안주로 최고이고 건강에는 최악이다.

기름진 음식에 풍부한 포화 지방은 혈중 콜레스테롤 수치를 높이면서 동시에 더 많은 술을 부르기 때문이다.

이런 안주는 대부분 육류인데, 그중에서도 곱창과 막창 등 내장 부위는 막강한 화력을 자랑하는 폭탄 중의 폭탄이다.

맛있는 안주는 보통 맛있는 반찬이기도 하다.

술집에서 가장 환영받는 안주인 육류가 밥상에서도 환영받는 반찬인 걸 보면 알 수 있다.

그런데 내장은 분명히 육류인데도 조금 독특한 지위를 점하고 있다.

내장이 밥상에 반찬으로 오르는 경우는 드물다.

내장은 주로 집 밖에서, 그중에서도 술집에서 주로 안주로 소비된다.

내 말이 의심스럽다면, 언제 내장을 처음 먹었는지 기억을 재생해 보시라.

성인이 되기 전 기억으로 거슬러 올라가는 사람은 많지 않을 테다.

내장은 술을 좋아하는 '어른의 맛'이다.

내장으로 만든 안주의 대표 주자는 역시 곱창이 아닐까.
씹는 맛이 즐거운 쫄깃한 곱창과 입안에서 크림처럼 퍼지는
고소한 곱의 환상적인 조화.
그 맛을 아는 술꾼에게 곱창이 불판 위에서 지글거리는 소리
는 반사 신경처럼 소주를 부르게 하는 주문이다.

잘 익은 곱창을 가위로 자를 때, 술꾼들은 마치 복권 당첨 방
송을 지켜보듯 긴장한다.
곱창 안에 하얀 곱이 얼마나 들어차 있느냐가 그날 술자리의
분위기를 좌우하니 말이다.
불판에 흘러넘칠 정도로 곱이 꽉 차있다면 감탄사가 터져 나
오고, 곱의 흔적이 희미하다면 탄식이 새난다.

곱창이 신선할수록 곱의 밀도가 높아지므로, 자리 회전율이
좋은 맛집에서 먹어야 실패할 확률이 줄어든다.
대신 가격대는 가파르게 올라간다.
맛집으로 소문난 곳에서 눈치 보지 않고 배부르게 곱창을 안
주로 먹을 수 있다는 건, 지갑이 꽤 넉넉하다는 증거다.
주변에 그런 술꾼이 있다면 친해지는 게 좋다.

곱창은 구워 먹어야 제 맛이라는 고집을 피우지 않는다면, 그
보다 저렴한 전골도 안주로 훌륭한 대안이다.

적은 양의 곱창으로도 매력적인 맛을 낼 수 있는 안주이니까.

곱창전골에서도 핵심은 곱이다.

곱창에서 빠져나와 육수에 골고루 퍼져 익은 곱은 평범한 육
수를 비범하게 바꾸어 준다.

육수에 오래 끓여 부드러워진 곱창 역시 소주와 잘 어울리
는 안주다.

소주 안주로 우열을 따지면 구운 곱창과 곱창전골은 막상막
하라는 게 내 의견이다.

소주에는 국물이 치트키이니 말이다.

곱창전골은 곱창을 구워 먹지 못해 대용으로 먹는 가난한 안
주가 아니다.

다른 차원에 있는 새로운 맛이다.

곱창이 나왔는데 막창을 빼놓으면 섭섭하다.

막창은 곱창보다 더한 폭탄이다.

막창은 과장을 보태자면 포화 지방 그 자체다.

몸에 그리 좋지 않은 음식이란 건 구울 때 줄줄 흘러나오는 기
름만 봐도 누구나 알 수 있다.

그런데 그 기름이 소주를 부르는 요물이다.

잘 구운 막창을 씹을 때 과즙처럼 입안에서 터지는 기름의
고소한 맛.

곱창이 담백하게 느껴질 정도로 강렬한 맛이다.

그러다 보니 처음 몇 점만 맛있고, 더 젓가락을 들이대기가 부담스러운 면도 없지 않다.
이때 구원 투수 역할을 해 주는 게 양념이다.

내 외가는 막창으로 유명한 대구에 있고, 외삼촌이 한때 막창집을 운영했었다.
그 덕분에 나는 남들보다 꽤 많은 막창을 술안주로 먹었다.
대구에서 막창집의 생명은 막장이라고 불리는 양념이다.
막창의 질이 상향 평준화되어 있다 보니 승부는 막장에서 갈린다.
막장 제조 방법은 어느 맛집이든 극비 사항인데 공통점은 있다.

잘게 썬 쪽파와 청양고추를 섞은 된장.
이를 기본으로 저마다 조금씩 다른 재료와 비율을 사용한다.
막장은 막창의 느끼한 맛을 잡아 주고 특유의 누린내까지 지워 주는 특효약이다.
꽤 많은 막창집이 손님에게 콩가루를 함께 내준다.
이 콩가루가 또 기가 막히다.
막창에 고소한 맛을 더해 주면서 느끼한 맛을 덮어 주니 말이다.

돌이켜 보니 과거에는 곱창과 막창이 주로 선배에게 얻어먹는 안주였고, 요즘에는 후배에게 사 주는 안주가 되었다.

문득 곱창과 막창을 얻어먹는 사람에서 사주는 사람으로 넘어가는 시점이 기성세대로 넘어가는 시점이 아닌가 하는 생각이 들었다.

의견이 갈리겠지만, 나는 대한민국 사회에서 선배와 후배가 다른 자리보다 편하게 어울려 소통할 수 있는 몇 안 되는 자리가 술자리라고 생각한다.

술자리에서 선배는 크게 두 부류로 나뉜다.

하나는 말을 많이 하지 않고 지갑을 여는 선배, 다른 하나는 지갑을 열지 않고 말만 많이 하는 선배.

나는 전자를 통해 몰랐던 맛을 배우며 술자리의 즐거움을 느낄 수 있었고, 후자를 통해 술자리에서 무엇을 하지 말아야 하는지 깨달았다.

멋있는 선배는 많은 말을 하지 않아도 멋을 숨길 수 없었다.

멋은 여유와 품격에서 나온다는 걸 이젠 조금 알겠다.

나는 후배에게 어떤 선배였을까.

솔직히 전자에 속한 선배는 아니었다.

불안한 내 위치를 포장해 보여 주려고 술의 힘을 빌려 쓸데없는 말을 많이 했고, 아직도 그 버릇을 고치지 못했다.

멋있는 선배는 되지 못할지라도, 후배가 연락할 때 곱창과 막

창을 실컷 먹으라고 부담 없이 사주며 고민을 들어주는 선배
정도는 되고 싶다.
이 잡설을 끼적이며 지난 술자리를 추억하는 동안에 한 작
은 다짐이다.

욕 덜 먹고 '회부심' 부리는 법

안주가 갖춰야 할 미덕은 무엇이라고 생각하는가.
저마다 다른 의견을 가지고 있겠지만, 일단 맛이 좋아야 한다
는 의견이 가장 많이 나오지 않을까 싶다.

그렇다.
안주는 일단 맛이 좋아야 한다.

맛 좋은 안주는 술의 맛을 돋우는 좋은 친구이자, 동시에 다음
잔을 부르는 촉매이니 말이다.
부실한 안주와 함께 마시는 술의 맛은 처참하다.
새우깡과 소주의 조합은 한때의 즐거운 추억이 될 수 있을지
몰라도, 재현하고 싶은 추억은 아니까.
그렇다면 '맛있는' 안주가 추가로 갖춰야 할 미덕은 무엇이

라고 생각하는가.

의견이 여러 갈래로 나뉠 듯한데, 일단 안주를 '썰'로 푸는 자리인 만큼 술꾼의 의견을 들어 보는 게 우선일 테다.

현재 가장 가까이에 있는 술꾼인 내게 의견을 물어 보겠다.

술꾼은 크게 두 가지 부류로 나눌 수 있다고 생각한다.

술을 맛있게 마시기 위해 안주를 곁들이는 술꾼,

그리고 안주를 맛있게 먹기 위해 술을 곁들이는 술꾼.

국어사전에 따르면 술꾼은 '술을 좋아하며 많이 먹는 사람을 낮잡아 이르는 말'이다.

사전 속 술꾼의 의미는 전자에 가까워 보인다.

전자에 속하는 술꾼이라면 배부르지 않은 안주를 맛있는 안주의 미덕으로 꼽지 않을까?

배가 부르면 술맛이 떨어지니까.

술 좀 마신다는 사람들이 생선회라면 사족을 못 쓰는 데엔 다 이유가 있다.

배부르지 않고 맛있는 안주 중에서도 '탑티어'에 속하니 말이다.

생선회를 좋아하는 술꾼끼리 모두 친하지는 않다.

탕수육을 둘러싸고 '부먹파'와 '찍먹파'가 치열한 다툼을 벌이듯이, 생선회를 좋아하는 술꾼들도 먹는 방식을 두고 실랑이를 벌이곤 한다.

주로 정통파를 자처하는 술꾼이 먼저 시비를 건다.

정통파는 생선회와 초장의 조합을 끔찍하게 여긴다.

그들은 초장에 생선회를 듬뿍 찍어 먹는 행위를 재앙으로 받아들인다.

초장이 생선회의 섬세한 감칠맛을 가려 버린다는 게 이유다.

종종 IS처럼 극단적인 '회부심'을 부리는 근본주의자는 생선회를 초장에 찍어 먹는 술꾼을 미개인으로 취급해 즐거운 술자리를 불쾌하게 만들어 버리기도 한다.

남들 못지않게 술을 마셔 보았고, 민물과 바닷물 등 서식지와 어종을 가리지 않고 온갖 생선회를 먹어 봤으니 살짝 '썰'을 풀 자격은 있다고 자부한다.

썰을 풀어 보자면 '회부심'에는 적지 않은 오류가 있다는 게 내 생각이다.

시중에서 팔리는 생선회는 대개 활어회다.

솔직히 고백해 보자.

갓 잡은 생선으로 만든 활어회에서 정말 감칠맛이 풍부하게 느껴지던가?

나는 활어회를 먹을 때 쫄깃한 식감 외에 감칠맛을 느껴 본 기억이 별로 없다.

개인적인 취향인데 활어회는 쌈장을 듬뿍 찍어 마늘, 고추와 함께 상추로 싸먹을 때 제일 맛있었다.

활어 횟집에서 생선회를 먹을 때 주인장이 쌈 채소를 잔뜩 가져다주는 데는 다 이유가 있다.

그렇게 먹는 게 제일 맛있기 때문이다.

하지만 시간을 두고 숙성시킨 선어회라면 이야기가 달라진다.

선어회는 주로 일식집에서 많이 나오는 편인데, 이를 초장에 찍어 먹으면 맛이 어떤가?

흐물흐물한 선어회의 식감과 결합한 초장의 맛은 비참하다.

좋은 선어회는 겨자장도 필요 없다.

그런 건 그냥 먹어도 혀 위에서 복잡한 결의 감칠맛이 폭발하니 말이다.

굳이 간을 더하려면 회의 끝부분만 간장에 살짝 적신 뒤 생 고추냉이를 곁들이면 된다.

선어회를 전문으로 다루는 횟집에서 쌈 채소를 내주는 일이 드문 데는 다 이유가 있다.

그렇게 먹는 게 제일 맛있기 때문이다.

잊지 말자.

약은 약사에게,

진료는 의사에게,

생선회는 횟집 주인에게.

활어회와 선어회로 구분해 먹을 수 있는 바다 생선과는 달리, 민물 생선은 기생충 문제 때문에 거의 활어로만 먹는다.
송어, 향어 등 활어회로 먹는 민물고기는 초장을 듬뿍 찍어 먹어야 비린내를 잡을 수 있고 맛도 좋다.
내 고향 대전과 가까운 대청호 주변에는 이름난 민물고기 횟집이 많은데, 이런 집들은 보통 잘게 썬 쌈 채소와 활어회를 손님에게 사발과 함께 내온다.

먹는 방법도 정말 호쾌하다.
사발에 적당량의 회와 상추, 미나리 등 쌈 채소를 넣고 초장과 참기름을 듬뿍 넣은 뒤 비비면 끝이다.
여기에 콩가루를 더하면 고소한 맛이 더 살아난다.
젓가락으로 회를 가득 집어 올려 입안을 꽉 채운 뒤 우걱우걱 씹어보자.

이게 뭐라고······.
그야말로 꿀맛이다.
특히 씹을 때마다 입안에 퍼지는 미나리 향이 일품이다.

그렇다고 해도 민물 생선회 맛이 바다 생선회 맛보다 한끝 밑이라는 생각을 지울 수 없다.

민물 생선회는 아무리 신선해도 서식 환경과 먹이 때문에 은은한 흙냄새를 지우기가 어렵다.

비린내에 민감한 사람이 해물 요리에 질겁하듯, 흙냄새에 민감한 사람은 민물 생선회 맛을 보면 얼굴이 흙빛이 된다.

초장을 듬뿍 쳐서 먹어야 하는 근본적인 이유가 여기에 있다. 그래야 흙냄새가 가려지니까.

하지만 매운탕의 맛만큼은 민물 생선이 바다 생선을 압도한다는 게 내 의견이다.

회보다 탕을 더 좋아한다면, 민물 생선 횟집이 더 나은 선택지다.

특히 덩치가 있는 메기나 쏘가리로 오래 끓인 매운탕은 끝판왕이라고 말해도 과언이 아닌 맛을 자랑한다.

소주가 목구멍을 타고 강물처럼 흘러들어 가게 만드는 마력을 가진 깊고 진한 국물 맛.

더 썰을 풀면 이야기가 생선회가 아니라 매운탕으로 빠질 듯해 이쯤에서 멈춘다.

이래저래 잡설이 갈지(之)자로 흐르며 길어졌다.

결론을 내자면 지인들과 생선회를 먹을 때 '회부심'이 불쑥 들면 참는 게 여러모로 현명하다.

의도가 어떻든 간에 꼰대 취급 받기에 십상이니 말이다.
굳이 회부심을 부리고 싶다면 "이렇게 한번 먹어 보면 어때?"
수준의 가벼운 제안 정도면 충분하다.

그래도 회부심을 참을 수 없어 미치겠다면?
본인의 지갑을 열어 비싼 회를 넉넉하게 사주면서 회부심
을 부려라.
그래야 그나마 욕을 덜 먹는다.
욕을 안 먹는다고는 안 했다.
내 입에만 맛있으면 됐지 참견은 무슨.

해장국이 해장에 위험한 이유

덮어 놓고 먹다 보면 온몸에 군살이 붙듯이, 쾌락에는 대가
가 따른다.
과음의 대가는 숙취다.

탁월한 알코올 해독력을 가진 강철 간을 소유하지 않은 이
상, 숙취는 반드시 과음한 술꾼의 뒤를 스토커처럼 쫓아온다.
마시는 순간만 즐거운 게 술이란 걸 뻔히 알면서도 과음하는
술꾼이 많다 보니, 가까운 편의점의 냉장고를 살펴보면 숙취
해소제 종류가 주류의 종류 이상으로 많은 지경에 이르렀다.

사실 숙취 해소제가 범람하기 전부터 우리 주변에는 늘 탁월
한 숙취 해소제가 있었다.
바로 해장국이다.

국어사전에 따르면 해장국은 '전날의 술기운으로 거북한 속을 풀기 위하여 먹는 국'이란 의미를 가진 단어다.

이보다 확실한 목적성을 가진 음식도 드물다.

술꾼을 자처하는 사람이라면 해장국 효능이 숙취 해소제보다 훨씬 낫다는 데 동의할 것이다.

나는 지금도 숙취 해소제가 값비싼 음료수라는 의심을 지울 수 없다.

그런데 왜 시장에 숙취 해소제 종류가 점점 늘어나는 걸까.

해장국에는 숙취 해소제에서 찾아볼 수 없는 심각한 부작용이 있기 때문이다.

해장국은 숙취에도 좋지만, 안주로도 훌륭한 음식이다.

해장하러 갔다가 낮부터 도로 대취하는 사태가 주변에서 얼마나 흔하게 벌어지던가.

과음한 다음날 아침에 숙취로 깨질 듯한 머리를 쥐어짜면서 "내가 술을 또 마시면 동물"이라고 공언해 놓고, 점심시간에 해장집에서 동물이 되기를 자처하는 수많은 사람을 목격했다. 물론 나도 그중 한 마리였다.

해장국은 크게 하얀 국물과 빨간 국물로 구분할 수 있다.

하얀 국물에 속하는 해장국으로는 설렁탕, 곰탕, 도가니탕, 콩

나물해장국, 황태해장국, 복국 등이 있는데 국물의 색깔처럼
대부분 담백한 맛을 낸다.
빨간 국물에 속하는 해장국으로는 육개장, 추어탕, 선짓국, 뼈
다귀탕, 감자탕, 양평해장국, 내장탕 등이 있는데 얼큰한 맛
이 주류를 이룬다.
체감상 하얀 국물의 숙취 해소 효능이 빨간 국물보다 나은
편이었다.
전날 과음으로 손상된 위 점막에 하얀 국물보다 자극적인 빨
간 국물이 나을 리 없을 테니까.
하얀 국물과 빨간 국물 모두 안주로 훌륭해 숙취 해소를 방해
한다는 부작용이 있다는 점은 매한가지이지만 말이다.

집과 가까운 곳에 해장국 맛집이 있다는 건 복된 일이다.
공교롭게도 하얀 국물 맛집과 빨간 국물 맛집 모두 내 집에서
멀지 않은 곳에 있어 늘 결정 장애를 겪곤 한다.
그중에서 가장 가까운 맛집은 빨간 국물인 감자탕집이다.
맛집으로 제법 소문이 나서 평일 점심시간이면 늘 문전성시
를 이루는 집이다.

오랜 시간 푹 끓인 돼지 등뼈에서 우러난 깊은 육수,
젓가락이 닿자마자 뼈에서 떨어져 나오는 부드러운 고기,
많이 익히지 않아 사각거리는 식감을 살린 감자,

육수를 듬뿍 머금은 시래기,
여기에 뜨끈한 밥 한 숟가락이 더해지면 전날 숙취 때문에
쑥 들어갔던 술 생각이 슬금슬금 다시 올라와 해장에 실패
하고 만다.

그다음으로 가까운 맛집은 하얀 국물인 곰탕집이다.
하루도 쉬지 않고 24시간 가마에 불을 때는 데다, 매시간 손
님이 끊이질 않아 좌석 회전율이 높아서 기복 없는 훌륭한 맛
을 자랑하는 집이다.
허겁지겁 국물을 떠먹다 보면, 녹진한 국물이 위 점막을 코팅
하는 듯한 기분이 들어 속이 편안해진다.

이게 문제다.
속이 편해졌으니 또 술 생각이 나는 거다.
여기에 김치 맛까지 곰탕만큼 훌륭해 말라붙었던 침샘을 자
극한다.
만약 몇천 원 더 주고 곰탕 국물을 베이스로 만든 도가니탕을
주문했다면 그날 숙취 해소는 물 건너간 거다.
도가니를 소주 없이 맨입에 먹는 건 도저히 납득할 수 없는
일이니까.

가장 먼 집은 빨간 국물인 양평해장국집이다.

양평해장국은 내가 가장 사랑하는 해장국임과 동시에, 나를 가장 많이 시험에 들게 하는 숙취 유발 안주다.

양평해장국은 소의 뼈와 내장을 삶은 국물에 선지, 양, 콩나물 등을 듬뿍 넣어 끓여 낸다.

육수의 묵직한 맛과 어우러진 고추기름의 매콤한 맛과 향이 일품이다.

양평해장국은 비주얼만으로도 나를 설레게 만든다.

지옥도 같이 붉은 국물이 뚝배기에 담겨 부글부글 끓고 있다.

숟가락으로 국물을 몇 차례 휘저어 주면 누린내가 훅 치고 올라오며 국물 위를 안개처럼 덮고 있던 김이 서서히 걷힌다.

시야가 맑아지면 검붉은 선지 덩어리와 검은 껍질이 붙어 있는 양, 국물을 머금고 풀이 죽은 콩나물이 눈에 들어온다.

숙취에 찌든 아침에 이보다 아름다운 풍경은 드물 것이다.

눈으로 즐겼으면 이제 맛을 봐야 할 때이다.

우선 국물을 한 숟갈 떠넘긴다.

누린내를 살짝 풍기는 얼큰한 국물은 식도를 타고 내려가며 내장의 위치를 하나하나 친절하게 짚어 준다.

선지와 양 같은 건더기는 그냥 먹으면 안 된다.

양평해장국을 전문으로 다루는 식당이라면 대부분 고추절임을 함께 내온다.

종지에 고추절임을 듬뿍 덜어 낸 뒤 그 위에 고추기름을 뿌려 소스를 만들어야 한다.
이 소스에 선지와 양을 찍어 먹으면 반사 신경처럼 입에서 한 마디가 튀어나오게 되어 있다.

"이모! 여기 소주 한 병 주세요!"

양평해장국은 해장국의 탈을 쓴 완벽한 술안주다.

의사들은 해장국, 그중에서도 빨간 국물 해장국으로 해장하는 일을 뜯어말린다.
전날 과음으로 위와 장이 약해진 상태이고, 구토까지 했다면 식도에도 상처가 나있을 텐데, 그런 상태에서 맵고 짠 음식을 먹는 일은 건강을 생각하면 최악이라는 게 의사들의 의견이다.
또한 위가 예민한 상태에선 뜨거운 국물이 몸에 좋지 않다고 한다.
차라리 해장에 냉면이 낫다는 말도 들었다.

일리 있는 말이다.
그렇다면 해장국은 그야말로 최악의 해장 음식일 테다.
그런데 왜 의사들도 과음한 다음날 해장국 먹으러 가는 걸까.

별수 없다.

입이 즐겁다고 하는데 도리가 있나.

어쩌면 해장국은 몸을 위한 해독제가 아니라 정신을 위한 해
독제인지도 모르겠다.

주전부리가 안주로 되기까지

스무 살 무렵, 대학 새내기였던 나는 캠퍼스 잔디밭에서 동기들과 자주 술을 마셨다.

마시는 술은 대개 금방 취하는 소주나 값이 싼 막걸리였고, 안주는 '콘칲'('콘칩'이 아니다)이나 '새우깡' 같은 과자나 건어물이 전부였다.

그때 막 성인이 된 나는 그런 술자리를 낭만으로 여겼었다.

어쩌다 용돈이 생기면 몇 명이 모여 돈을 갹출해 호프집에서 감자튀김을 시켜 놓고 생맥주를 마시는 게 호사일 정도로 다들 주머니가 가벼웠다.

낭만이 아무리 좋아도, 부실한 안주와 술을 마시고 비틀거리며 캠퍼스를 걷는 일이 마냥 즐겁진 않았다.

슬슬 지겹고 힘들어졌다.

마침 그때 첫 연애를 시작한 터라 이런저런 핑계를 대며 그런 술자리를 피하는 지경에 이르렀다.

그러던 어느 날, 대학원에서 조교로 일하고 있던 고학번 선배
가 나와 동기 몇 명을 연구실로 불렀다.
선배가 왜 후배들을 호출했는지 이유는 기억나지 않는다.
다만 한 가지는 확실하게 기억에 남아 있다.
그날 나는 그곳에서 처음으로 위스키를 마셨다.
희미하게 떠오르는 병의 모양으로 추정컨대, 그 위스키는 조
니 워커 레드 라벨이었다.
선배는 안주로 먹으라면서 빨간색 원통의 뚜껑을 땄다.
원통을 A4 용지에 기울이자 말안장 모양의 과자가 쏟아져
나왔다.
선배가 내온 안주는 프링글스 오리지널이었다.
그날은 내가 위스키뿐만 아니라 프링글스를 맛본 첫날이기
도 하다.

나를 포함한 동기 모두가 잔에 담긴 위스키 앞에서 망설였다.
처음 마셔 보는 술인데다, 소주보다 더 독하다는 소문을 들었
으니 그럴 만도 했다.
그럴 때 괜히 센 척을 하는 게 그 또래 '머스마'의 특징 아닌가.
나는 위스키 한 잔을 원샷으로 삼켰다.
옆에서 차례로 들리는 감탄사에 어깨 뽕이 차오르기도 전에,

위스키는 뜨겁게 목구멍을 타고 내려가며 내장의 위치를 꼼꼼하게 알려 주었다.
생생한 생물 수업을 들은 나는 다급하게 프링글스 하나를 입 안에 밀어 넣고 씹었다.

온몸을 뒤흔드는 강렬한 위스키의 향을 달래 주던 기름지면서도 짭조름한 맛.
내가 잔디밭에서 먹었던 과자들과는 다른 차원의 맛이었다.
과자가 상황에 따라 싼 맛에 먹는 안주가 아니라 꽤 괜찮은 안주가 될 수도 있음을 깨달은 순간이었다.
프링글스 특유의 포장인 길쭉한 원통이 특별해 보였다.
프링글스는 그날 내가 위스키와 함께 처음으로 느낀 어른의 맛이었다.

나는 주전부리를 즐기지 않아 편의점이나 대형 마트에 들렀을 때 과자를 집어 드는 일이 드물다.
하지만 프링글스만은 예외다.
프링글스는 내게 주전부리보다는 가성비 좋은 안주로 각인되었기 때문이다.
프링글스의 가격은 일반 과자보다 비싸지만, 안주로 먹기에는 저렴한 편이니 말이다.
지금도 가끔 나는 가볍게 위스키 한 잔을 마실 때 프링글스를 안주로 즐긴다.

내 입에는 그 어떤 고급 안주보다도 위스키와 잘 어울리는 안주다.

다만 예전보다 짠맛이 줄어들어 싱거워졌다는 느낌을 지울 수 없다.

과거의 한번 열면 멈출 수 없었던 자극적인 짠맛이 그리울 때가 많다.

그 맛이 위스키와 딱 어울렸는데…….

만날 입에 달고 사는 먹거리도 아니거늘 굳이 그렇게까지 짠 맛을 덜어낼 필요가 있었을까.

그 시절의 맛이 그립고 아쉽다.

프링글스를 제외한 모든 과자를 안주로 취급하지 않았던 세월이 길었다.

앞으로도 쭉 그럴 줄 알았는데, 사소한 계기가 내 오래된 편견에 균열을 냈다.

얼마 전에 나는 평소에 배가 부르다는 이유로 잘 마시지 않는 맥주가 갑자기 당겨 집 근처 편의점에 들렀다.

마침 맛있다고 호평이 자자한 '곰표' 맥주가 냉장고 안에 많이 구비되어 있었다.

'네 캔에 만 원' 할인 행사에 맞춰 장바구니에 곰표 맥주 네 캔을 담고 안줏거리를 살폈는데 마땅한 게 보이지 않았다.

그때 내 눈에 띈 게 과자 쪽 중간에 놓인 '곰표' 팝콘이었다.
'곰표'에 '곰표'를 더하면 재미있겠다는 가벼운 생각으로 선
택한 조합이었는데

맙소사…….

은은한 과일 향을 풍기는 맥주와 담백한 팝콘이 이렇게 잘 어
울릴 줄은 몰랐다.
앉은 자리에서 맥주 네 캔과 팝콘 한 봉지를 순식간에 비웠다.
기자로 일하던 시절에 퇴근 후 동료들과 호프집에서 질리게
먹었던 조합이 맥주와 팝콘인데 희한했다.

곰표에 꽂힌 나는 며칠 후 다시 편의점에 들러 '곰표' 나초를
맥주 안주로 골랐다.

세상에…….

나초의 아삭거리는 식감은 팝콘보다 맥주와 훨씬 잘 어울렸다.
나초에 무언가 소스를 찍어 먹으면 훨씬 맛있겠다는 생각
이 들었는데, 냉장고에는 케첩과 마요네즈 외엔 마땅한 소
스가 없었다.
나는 냉장고에 있는 재료만으로 급히 소스를 제조했다.

체다 슬라이스 치즈 두 장을 잘게 쪼개 밥그릇에 담은 뒤, 마요네즈 적당량을 그 위에 짰다.

그 다음에 우유를 치즈와 마요네즈가 잠길 만큼 밥그릇에 따른 뒤, 전자레인지에 밥그릇을 넣고 1분 동안 데웠다.

짙은 풍미를 자랑하는 치즈 소스가 순식간에 만들어졌다.

맥주 한 모금을 마신 뒤 치즈 소스를 듬뿍 찍은 나초를 입안에 넣는 순간,

와우!

천국이 먼 곳에 있지 않았다.

과자를 주머니 가벼울 때 아쉬운 대로 먹는 안주라는 내 편견은, 대학 신입생 시절에 부어라 마셨던 술자리에서 비롯된 오해가 아닌가 하는 생각이 들었다.

십수 년 만에 편의점에서 콘칲과 새우깡을 안주로 집어 들었다.

콘칲과 맥주의 조합은 곰표 팝콘과 나초만큼은 아니어도 내 입맛에 꽤 괜찮았다.

새우깡과 맥주의 조합도 그리 나쁘지 않았다.

활어회를 안주로 레드 와인을 마시지 않는 것처럼, 둘 다 소주와 막걸리 안주로 어울리지 않았을 뿐이었다.

파전에 막걸리가 어울리듯이, 고기구이에 소주가 어울리듯이,
짚신도 짝이 있다는 걸 소싯적엔 잘 몰랐다.
돌이켜 보니 지금까지 살면서 무언가를 판단할 때, 남이 내린
평가나 고정 관념에 자주 휘둘렸다.
직접 부딪힌 뒤에 판단해도 늦지 않은데, 성급히 결론을 내려
실수한 일도 많았다.
편견을 뒤집어 보는 자세는 지금보다 조금 더 괜찮은 사람으
로 나아가는 첫걸음이 아닐까.
곰표 맥주와 콘칲을 앞에 두고 그런 쓸데없는 생각을 해 봤다.

소고기는 '내돈내산'해야 더 즐겁다

'소고기보다 맛있다'는 말은 비교 대상인 음식의 맛이 소고기
만큼 훌륭하다는 의미를 담은 관용적 표현이다.
동시에 그 말은 소고기보다 맛있는 음식이 드물다는 의미를
담은 역설적 표현이기도 하다.
입안으로 들어가자마자 씹기도 전에 아이스크림처럼 사르르
녹아 버리는 한우 등심 한 점.
그 맛을 이길 음식이 세상에 과연 얼마나 있을까.
'고급진' 맛의 정석이 있다면 바로 이 맛일 테다.

안주로서 소고기의 입지 또한 당연히 VIP급이다.
이가 시릴 정도로 차가운 소주 한 잔에 안주로 곁들이는 호주
산 와규(和牛) 갈빗살 한 점.
생각만 해도 탄성이 절로 터져 나오는,

그야말로 미친 조합 아닌가.

질 좋은 소고기에는 별다른 양념도 필요 없다.
소금 하나만으로도 차고 넘친다.
그뿐인가?
늦가을 새벽에 내린 서리를 닮은 촘촘한 마블링은 또 얼마
나 아름다운가.
굽기 전부터 매력적인 소고기는 단언컨대 가장 완벽한 안주
중 하나다.
하지만 이 완벽한 안주에도 치명적인 단점이 있으니,

바로 비싸다는 점이다.

다른 육류와 마찬가지로 소고기 역시 비쌀수록 맛있는데, 차
이가 있다면 소고기에는 중간이 없다는 거다.
고기 뷔페에 가 본 경험이 있다면, 혀에 남아 있는 기억을 복
기해 보자.
소고기와 돼지고기 중 어느 고기가 더 먹을 만하던가.
어설픈 소고기는 질기고 맛도 형편없기 때문에 그 돈으로 다
른 고기를 사 먹는 게 현명하다.
소고기를 먹고 돈이 아깝다는 생각을 하지 않으려면, 가능한
한 비싼 물건을 먹어야 한다.

그게 남는 거다.

육류는 회식 때 자주 먹는 안주이지만, 소고기는 여럿이 함께 먹기에 조금 불편하다.

돼지고기 추가 주문은 크게 부담 가질 일이 아니지만, 소고기 추가 주문은 사는 사람이나 얻어먹는 사람 모두에게 각오가 필요한 일이다.

돼지고기와 비교하면 가격 차이가 상당하니 말이다.

게다가 소고기는 돼지고기처럼 오래 굽지를 않아도 되는 터라, 불판에서 줄어드는 시간이 빠르다.

소심한 사람은 불판 위에 소고기가 몇 점 남았는지 살피며 눈치만 보다가 먹지도 못한다.

그런 사람이 여럿이면 서로 눈치 게임을 벌이다가 애꿎은 고기를 태우는 촌극이 벌어진다.

혹시 주변에 '투뿔(1++)' 등급 한우를 부담 없이 먹는 사람이 있다면 성공한 사람이니 친하게 지내자.

반은 농담이고 반은 진담이다.

나는 한때 소고기를 꽤 자주 먹고 다녔다.

대단한 성공이라도 했었느냐?

아니다.

집에 금송아지라도 있었느냐?

그럴 리가 있나.

나는 기자로 일하던 시절에 편집부, 사회부, 문화부, 산업부 등 여러 부서를 거쳤다.

그중 산업부에 있을 때 나는 수시로 미팅을 요청하는 여러 기업 홍보 담당 직원의 전화를 받았다.

당시 내 달력에는 그들과 함께 할 점심과 저녁 약속이 빼곡하게 표시되어 있었는데, 저녁 약속은 대개 술자리였다.

술자리의 메인 메뉴는 높은 확률로 육류, 그중에서도 소고기였다.

소고기 사 주는 사람을 주의하세요.

대가 없는 소고기는 없습니다.

순수한 마음은 돼지고기까지예요.

이상은 한 고깃집 현수막에 적혀 있던 문구로, 몇 년 전 온라인상에서 화제를 모은 바 있다.

나는 이 문구가 우스갯소리로 들리지 않는다.

대중은 긍정적인 기사보다 부정적인 기사에 민감한 반응을 보인다.

미담 기사 100개보다 고발 기사 1개의 사회적 파급력이 훨

썬 강하다.

이 때문에 기업의 홍보 담당 직원은 홍보보다 리스크 관리에 더 공을 들일 수밖에 없다.

뇌물인 듯 뇌물 아닌 뇌물 같은 소고기는 기자의 마음을 여는 효과적인 수단이다.

기업 홍보 담당 직원이 술자리에서 기자에게 접대하는 소고기는 크든 작든 효과가 있다.

소고기를 접대 받으며 뇌물을 받는다고 생각하는 기자는 아무도 없다.

나도 그랬다.

그저 조금 비싼 안주를 접대 받았다고 생각할 뿐이다.

하지만 해당 기업에 문제가 있다는 사실을 기사로 써야 할 때, 기자는 술자리에서 얻어먹었던 소고기와 함께 술잔을 기울였던 홍보 담당 직원의 얼굴을 떠올리며 망설이거나 외면하게 된다.

그런 점에서 소고기의 효과는 사실상 뇌물과 같다고 할 수 있다.

그렇다고 소고기를 피하는 건 곤란하다.

언젠가 그 기업이 광고주나 후원 업체가 될 수도 있기 때문이다.

기업의 홍보 예산은 정해져 있고, 그 예산은 당연히 자사에 우호적인 매체에 먼저 집행된다.

그렇게 집행된 홍보 예산은 해당 매체의 매출 증대에 보탬이 된다.

예산을 끌어오는 데 공헌한 기자는 조직에서 인정받고, 그렇지 못한 기자에게는 무능하다는 낙인이 찍힌다.

좋은 기사를 얼마나 많이 썼느냐는 중요하지 않다.

중요한 건 숫자다.

홍보 담당 직원과 소고기를 사이에 두고 술잔을 나누며 쌓은 친분이 예산 집행 과정에서 나름 중요한 역할을 한다.

그러므로 가능한 한 함께 자주 소고기를 먹어 두어야 한다.

홍보 담당 직원 역시 기자와 친분을 쌓는다는 명분으로 고깃집에서 거침없이 법인 카드를 긁는다.

심지어 자기가 소고기를 먹고 싶어서 아무런 이슈도 없는데 기자의 옆구리를 찌르는 홍보 담당 직원도 있다.

소고기를 둘러싼 불온한 공생 관계의 뒤틀린 풍경이다.

일로 먹은 소고기는 혀만 잠시 즐겁게 했을 뿐, 마음까지 즐겁게 해주진 않았다.

언제나 낚싯바늘에 걸린 미끼를 무는 듯한 찜찜한 기분을 남겼다.

소고기를 함께 먹으며 쌓은 홍보 담당 직원과의 친분은 부서가 바뀌는 순간 모래성처럼 무너진다.

홍보 담당 직원은 새로운 기자와 소고기를 먹어야 하느라, 지난 기자는 새로운 부서에 적응하느라 바쁘니까.

다들 이야기의 결말을 알지만, 소고기를 안주 삼아 술잔을 나누는 순간만큼은 최선을 다해 연기한다.

기억을 더듬어 보니, 내가 가장 즐겁게 먹은 소고기는 신혼 때 아내와 집 근처 고깃집에서 먹었던 한우 등심이다.

어쩌다 한 번, 월급을 받는 날에만 부릴 수 있는 호사였다.

나는 아내를 위해 등심을 타지 않게 굽고, 아내는 설레는 눈빛으로 석쇠 위에서 익어 가는 등심을 바라본다.

갓 구운 등심을 입에 넣으며 진심으로 행복한 미소를 짓는 아내의 모습.

그 모습만큼 술맛이 나게 하는 소고기는 없었다.

나는 노동의 대가로 누리는 잠깐의 사치 앞에서 당당하고 자랑스러웠다.

일로 얻어먹은 소고기로는 절대 느낄 수 없는 감정이다.

소고기는 역시 내 돈 주고 사 먹어야 떳떳하고 맛있다.

프로슈토로 깨달은 제값의 중요성

나를 술꾼으로 만든 원흉이 몇 있는데, 그중에서도 제일가는
원흉은 음식 만화다.

〈미스터 초밥왕〉 때문에 한때 대형 마트의 초밥이 혼술 안주
로 자주 테이블에 올랐고, 와인을 알지도 못하는데 〈신의 물
방울〉을 보고 술자리에서 로마네 콩티 운운하며 허세를 부
리기도 했다.

〈심야식당〉을 읽다가 다급하게 조미김으로 감싼 가래떡과
간장버터밥을 술안주로 만들었고, 〈식객〉으로 배운 소고기
에 관한 지식으로 고깃집에서 마치 미식가라도 된 듯 잘난
척도 해 봤다.

음식 만화는 내 안주 선생님인 셈이다.

음식 만화라면 모두 좋아하지만, 그중에서도 첫손을 꼽는 작

품은 〈맛의 달인〉이다.

이 작품은 일본에서 1983년부터 연재를 시작해 지금까지 100권 이상 단행본이 나오고 1억 부 이상 팔린 음식 만화의 대표작이자 시조새다.

이 작품에서 다뤄진 음식이 다른 음식 만화에도 곧잘 비슷한 형태로 인용되는 모습만 봐도, 이 작품이 음식 만화에 끼친 영향이 얼마나 대단한지 알 수 있다.

한참 혼술을 하던 시절에는 도서 대여점에서 이 작품을 몇 권 빌려와 독서대에 놓고 안주 삼아 읽곤 했다. 요즘 '혼술러'들이 유튜브로 먹방을 보며 혼술하듯이.

〈맛의 달인〉때문에 미치도록 먹고 싶어 애가 탔던 안주가 있었다.

이 작품의 단행본 81권은 '이탈리아 대결'이라는 주제로 다양한 이탈리아 식재료를 다루는데, 그중에서도 주역은 파르미지아노 레지아노와 프로슈토다.

작품 속 인물들은 종잇장처럼 얇게 저민 프로슈토를 맛본 후 진미라며 감탄사를 쏟아 냈다.

파르미지아노 레지아노는 피자집에서 흔하게 뿌려 먹던 파마산 치즈 때문에 신원 파악이 어렵지 않았지만, 프로슈토는 지금까지 살면서 듣도 보도 못한 새로운 음식이었다.

돼지고기는 당연히 익혀 먹어야 한다고 여겨 왔는데, 염장한 뒤 오랫동안 숙성시켜 생으로 먹는다?
무슨 맛인지 전혀 상상할 수 없었다.

음식 만화가 묘사하는 음식은 사진보다 생생하진 않지만, 흑
백의 그림과 결합한 글이 상상력을 자극해 사진보다 더 입맛
을 돋운다. 나는 페이지를 넘기는 내내 미지의 맛을 상상하며
군침을 삼켰다. 내가 〈맛의 달인〉을 통해 프로슈토를 알게 된
때는 대학생 시절이던 2000년대 중반이었다.

지금이야 대형 마트에서 쉽게 프로슈토를 구할 수 있지만, 당
시에는 호텔 식당에서나 전채 요리로 나오는 흔치 않은 식
재료였다.
결국 웹서핑을 통해 서울에서 프로슈토를 구할 수 있는 곳
을 찾아 냈다.
바로 한남동에 외국인 손님을 주로 상대하는 슈퍼마켓이 있
는데, 그곳에 가면 국내에 흔치 않은 다양한 향신료를 비롯해
고급 와인, 치즈, 생햄 등을 살 수 있다는 정보였다.
수업이 없는 주말에 시간을 내 찾아간 그곳은 별천지였다. 웹
서핑을 통해 파악한 정보대로 한국인보다 외국인 손님이 더
많았고, 보이는 물건 대부분 생전 처음 보는 것이었다.
그곳에서 처음으로 프로슈토를 만난 나는 두 번 놀랐다.
먼저 프로슈토 외에도 하몽, 살라미 등 다양한 생햄이 존재한

다는 사실에 놀랐고, 두 번째로 깜짝 놀랄 만큼 비싸다는 사
실에 놀랐다.

나는 한참 동안 고민한 끝에 가장 싼 물건을 구입했다.
내 흐려진 기억을 뒤져 보니 50g에 1만 원 가까이 했던 듯하다.
한여름 땡볕을 맞으며 고시원으로 돌아온 나는 설레는 마음으
로 소주 한 병을 준비한 뒤 프로슈토 포장을 뜯었다.
이미 각오했지만, 뜯어 놓고 보니 50g이라는 양은 너무 적었다.
얇게 저민 생고기 몇 장이 전부였다.
진미는 원래 비싸고 양이 적다고 정신 승리를 해 가며 소주 한
잔을 들이켠 뒤 프로슈토 한 장을 입에 넣었다.

그런데…….
짰다.
무지막지하게 짰다!
짜다 못해 썼다!
향도 엄청나게 강렬했다.
치즈 향과 된장 향이 엉망으로 뒤섞여 농축된 듯한?
대단한 진미일 것이라는 환상이 순식간에 무너졌다.

내가 프로슈토와 재회한 때는 오랜 시간이 흐른 후 기자로 일
하던 시절이었다.

해외 출장 중에 호텔 식당에서 술을 마시는데 전채로 프로슈토 멜론이 나왔다.
멜론 위에 프로슈토를 올린 모양이 내가 〈맛의 달인〉에서 보았던 그대로였다.
나는 좋지 않았던 첫인상 때문에 망설이다가 겨우 한 조각을 입에 넣었다.

세상에…….
내가 고시원에서 먹었던 그 맛이 아니었다!

멜론의 단맛이 프로슈토의 짠맛을 중화시켜 '단짠'의 모범을 보여 주었고, 향 또한 기분 좋게 강렬했다.
이 정도라면 진미라고 감탄하긴 어려워도, 별미라고 평가하기엔 충분했다.

출장에서 돌아온 나는 대형 마트를 찾아가 소시지 쪽에 들러 가장 비싼 프로슈토를 집어 들었다.
과일 쪽에서도 눈을 딱 감고 가장 비싼 멜론을 장바구니에 담았다.
술은 소주 대신 와인을 준비했다.
자취방으로 돌아온 나는 경건하게 멜론을 조각조각 자르고 그 위에 프로슈토를 올렸다.

와인을 한 모금 마신 뒤 프로슈토 멜론을 입에 넣은 순간, 〈맛
의 달인〉의 주인공 지로가 왜 그토록 맛에 감탄했는지 깨달
을 수 있었다.

그다음에는 멜론을 빼고 프로슈토의 맛만 보았다.
내가 대학생 시절에 먹었던 맛이 아니었다.
혀 위에서 폭발하는 복잡한 결의 감칠맛!
내가 지금까지 맛본 감칠맛 중 최고 수준이었다.

프로슈토는 이제 아내와 대형마트에 들르면 꼭 집어 드는 안
주 중 하나다.
최고가 제품은 못 집어 들어도, 최저가 제품은 피한다.
프로슈토를 비롯한 생햄은 슬로푸드다.
시간과 정성을 들여 만든 음식을 제대로 맛보려면 그만큼의
값어치를 치러야 한다.
그걸 깨닫지 못했던 나는 프로슈토를 오해했고, 오랜 시간이
흐른 뒤에야 오해를 풀었다.

사람을 쓰는 일도 똑같다는 생각이 들었다.
얼마 전에 나는 웹서핑을 하다가 기가 막힌 채용 공고를 봤다.
경력은 뽑지 않고 신입만 뽑는다는 IT기업의 채용 공고였다.
현장에 사용하는 모든 프로그래밍 언어에 능통해야 지원할

수 있고, 경력자가 아니면 도저히 쌓을 수 없는 경력이 우대 사항이었다.

경력자를 채용하고 싶지만, 제값을 주기 싫으니 신입으로 지원하라는 말이나 다름없었다.

나는 종종 원고 청탁과 강연을 부탁받는데, 원고료와 강연료를 얼마나 챙겨 주겠다고 미리 밝히는 경우가 드물다.

나는 페이가 얼마나 되느냐고 꼭 먼저 묻는데, 그런 내 태도를 난감하게 받아들이는 걸 자주 봤다.

세상에 싸고 좋은 물건은 없다.

시간과 정성이 좋은 결과로 돌아온다는 보장은 없지만, 시간과 정성을 들이지 않은 좋은 결과는 없다.

나는 프로슈토를 안주 삼아 술잔을 기울이며 그 당연한 이치를 배웠다.

명란젓, 아껴 먹으면 똥 된다

젓갈은 우리 밥상에 자주 오르는 반찬치고 꽤 호불호가 갈리는 편이다.

좋아하는 사람은 냄새만 맡아도 파블로프의 개처럼 반사적으로 침을 흘리는데, 싫어하는 사람은 보기만 해도 비린내가 난다며 질색팔색한다.

익히지 않은 해산물이 재료여서 비린내를 완전히 제거하기 어려운 데다 간까지 센 편이니, 호불호가 갈리지 않는다면 오히려 이상한 일이다.

입맛은 틀림이 아닌 다름의 영역에 속한다는 게 내 생각이지만, 삼겹살구이에 곁들이는 갈치속젓이나 갓 지은 밥에 쓱쓱 비벼 먹는 오징어젓갈의 맛을 모르고 산다는 건 안타깝다.

별다른 반찬이 없어도 젓갈 덕분에 풍부한 밥맛을 즐겼던 경험 때문일 테다.

맛있는 반찬은 대부분 안주로도 훌륭하다.
젓갈은 입맛에만 맞으면 훌륭한 안주다.
짠맛이 강해 많이 먹을 수 없으니 살이 찔 염려도 없다.
술을 마시면서 다이어트를 논하는 게 우습긴 하지만.

진입 장벽을 낮춰줄 무언가가 있으면 낯선 분야에 도전하기
가 수월해진다.
내가 소싯적에 헤비 메탈에 빠져들 수 있었던 계기는 가요처
럼 멜로디가 선명한 메탈을 들려 주었던 한국 밴드 블랙홀과
독일 밴드 헬로윈(Helloween) 덕분이었다.
그들 덕분에 귀가 열린 나는 스래시 메탈, 프로그레시브 메
탈, 블랙 메탈, 데스 메탈, 고딕 메탈 등 더 깊은 메탈의 세계
로 건너갈 수 있었다.

젓갈에도 블랙홀과 헬로윈 같은 존재가 있다면 아마도 명란
젓이 아닐까 싶다.
명란젓은 조개젓 · 굴젓 · 멸치젓 등에 비해 비린내가 적은 편
이고, 짭조름하면서도 고소한 감칠맛에 흰쌀밥과의 궁합은 그
야말로 환상적이다.
나는 다른 젓갈에는 손을 대지 않아도 명란젓만큼은 맛있게

먹는 사람을 꽤 봤다.

물 건너온 음식인 파스타의 재료가 되기도 하고, 심지어 바게 트 위에도 올라가는 등 그 어떤 젓갈보다도 활용도가 높다.

나는 대학생 시절에 자취하면서 명란젓에 맛을 들였다.

사실 명란젓은 자주 사 먹을 수 있는 젓갈이 아니다.

명란젓은 젓갈 중에서도 꽤 비싼 축에 드는 편이니 말이다.

내가 명란젓을 먹을 수 있는 날은 과외비가 들어오는 등 어쩌 다 여윳돈이 생길 때였다.

그런 날에는 대형 마트에서 장을 보며 젓갈 쪽에 들렀다.

명란젓은 젓갈 쪽에서 독보적인 비주얼을 자랑한다.

포장 용기에 꼭꼭 숨어 있는 다른 젓갈과 달리, 명란젓은 통 통한 알집을 그대로 보여 주며 오가는 사람에게 도발한다.

그 맛을 아는 사람은 도발에 넘어가지 않을 도리가 없다.

별다른 반찬 없이 그 알집 하나만 뜨거운 쌀밥 위에 올려도 그 날 밥상은 진수성찬이 된다.

쌀밥이란 흰 도화지 위에 오른 명란젓의 붉은색은 그 어떤 물 감보다도 매혹적이다.

조심스럽게 젓가락으로 알집을 터트린다.

알집에서 터져 나온 수많은 붉은 알이 쌀밥 위로 퍼지고, 곧

참을 수 없는 맛있는 냄새가 모락모락 피어난다.

이때 침을 흘리지 않으면 사람이 아니다.

설레는 마음으로 명란젓을 곁들인 흰쌀밥 한 숟갈을 입에 넣으면?

즐겁다…….

이게 바로 입안에서 펼쳐지는 축제다!

불꽃놀이다!

맛있는 반찬을 보면 술 생각부터 하는 게 술꾼이다.

명란젓과 쌀밥 한 숟갈이라는 단순한 조합도 나무랄 데가 없지만, 이왕이면 폼 나게 잘 먹는 게 더 즐겁지 않겠는가.

명란젓에 고소한 맛을 더하고 향까지 덤으로 얹어 주는 짝꿍이 있다.

바로 참기름이다.

가위로 먹기 좋게 썬 명란젓 위에 참기름만 둘러도 일품 안주 하나가 뚝딱 만들어진다.

그뿐인가?

명란젓은 다른 젓갈과 달리 구워 먹어도 그 맛이 기가 막히다.

구운 명란젓에 소주 한 잔의 조화.

생각만 해도 군침이 돈다.

이번에는 구운 명란젓에 얇게 썬 오이를 곁들여 먹어 보자. 오이의 상큼함이 다소 부담스러운 명란젓의 짠맛을 절묘하게 잡아주고 감칠맛을 살린다.

아직 한 발 남았다.

먹다 남아 보관하기 애매한 명란젓을 계란찜의 조미료로 써 보자.

새우젓보다 한 차원 높은 감칠맛을 더해 준다.

덤으로 계란찜에 소금기를 내주고 익은 명란젓은 더욱 고소해져 맛있는 안주로 변신한다.

장점밖에 없어 보이는 명란젓에도 치명적인 단점이 있다.

보존 기간이 다른 젓갈보다 짧다는 점이다.

새우젓은 냉장고에 1년 이상 보관하는 일이 예사인데, 명란젓은 일주일만 넘겨도 맛이 간다.

다른 젓갈보다 소금을 적게 쓴다는 게 짧은 보존 기간의 이유다.

가격이 비싼 편인데 보존 기간까지 짧다는 건 치명적이지만, 저염 제품이 대세인 세상이니 귀찮더라도 적은 양을 사서 그때그때 소비하는 게 맛있게 먹는 방법이다.

예전에는 아껴 먹다가 상한 명란젓을 버리는 일이 종종 있었다.
제때 먹지 못해 버려야 했던 명란젓을 추억하며 때를 놓치고
후회한 일들을 생각했다.
나이는 숫자에 불과하다지만, 그 시절에만 할 수 있는 일도
분명히 있다.
80대 노인이 아무리 10대와 20대의 마음을 가지고 있어도
그들처럼 자유롭게 몸을 움직이며 다닐 수는 없는 노릇이다.
나는 사랑한다고 말해야 하는 사람에게 그 말을 지나치게 아
꼈고, 이젠 해 주고 싶어도 그 사람이 세상에 없다.
누군가를 열심히 사랑해도 모자랄 시기에 증오에 사로잡혀 오
랫동안 마음을 닫고 살았다.

이젠 돌아갈 수 없는 시간이다.
내가 버린 상한 명란젓처럼.
아끼다가 똥 된다.

요즘에는 집에서 가까운 김포 대명항 젓갈 시장에서 명란젓
을 산다.
알집이 터진 파치를 사면 대형 마트보다 훨씬 싼값에 포장 용
기가 넘치도록 꾹꾹 눌러 담아 준다.
모양은 별로지만, 물건 회전이 잘 되는 편이라 신선하고 맛
도 좋다.

한번 사면 며칠 동안 질리도록 반찬과 안주로 먹는다.

명란젓을 냉동실에 넣어 두면 조금 더 오래 보관할 수 있지만, 해동하면 알이 터지고 물러져 원래 맛이 살아나질 않는다. 마치 미루고 미뤘던 여행을 뒤늦게 떠났다가 별 감흥을 못 느끼고 돌아올 때처럼 말이다.

젓갈 시장에서 바로 사와서 먹는 명란젓보다 맛있는 명란젓은 없었다.

명란젓이 안주로 가장 맛있는 때는 언제나 지금이다.

비와 당신, 그리고 전

지금까지 살면서 몇 차례 기묘한 경험을 했는데, 그중 첫 번째
는 2004년 여름에 겪었다.

당시 고향에서 공익근무요원으로 복무 중이었던 나는 주말이
면 운동 삼아 가까운 산에 오르곤 했다.

높이가 300미터가량으로 낮은데다, 산세도 험하지 않아 부담
없이 오를 수 있는 산이었다.

자주 찾다 보니 꼭대기까지 이어지는 임도가 동네 골목처럼
익숙해졌다.

그날 비가 꽤 내렸지만, 나는 비에 젖은 풀냄새를 맡고 싶어
벙거지 모자를 쓰고 산으로 향했다.

임도에 다다랐을 때, 무언가가 나를 짓누르는 기분을 느꼈다.
마치 산이 나를 거부하는 듯한?

나는 익숙한 곳인데 별일이 있겠느냐는 마음으로 임도에 발을 들였다.

이상했다.
평소와 달리 오가는 사람이 없었고, 흔하게 들리던 새소리도 들리지 않았다.
익숙했던 임도가 낯설어 당황한 나는 급기야 길을 잃고 말았다.
몇 시간 동안 임도를 헤매던 나는 무서운 사실을 깨달았다.
내가 계속 같은 곳을 맴돌고 있었던 것이다.
나는 공포에 질렸다.

해가 지기 전에 겨우 산에서 빠져나온 나는 가까운 구멍가게로 급히 피신했다.
가게 주인 할머니의 얼굴을 보자 그제야 마음이 놓이고 잊었던 허기가 몰려왔다.
가게에는 낡은 테이블 두 개가 놓여 있었다.
잡다한 물건 외에 등산객을 상대로 술과 간단한 안주도 파는 가게였다.
나는 막걸리 한 병을 주문하며 할머니에게 가능한 안주를 물었다.
가능한 안주는 김치전과 삶은 계란뿐이었다.
김치전을 주문한 뒤 빈속에 막걸리 한 잔을 들이켰다.

뱃속이 찌릿해졌다.

가게 안 주방에서 할머니의 김치전 부치는 소리가 들렸다.
타닥타닥 전 부치는 소리에 고소한 기름 냄새가 실려 왔다.
미칠 듯이 식욕을 자극하는 냄새였다.
전이 나오기를 기다리는 시간이 그토록 길게 느껴질 줄 몰랐다.

여러 사람의 손때가 타서 반질반질 윤기가 도는 테이블 위에
오른 김치전 접시.
그 어떤 예술품보다도 매혹적이었다.

생전 처음 겪는 험난한 하루를 보내고 막걸리와 곁들여 먹
는 김치전의 맛.
세상 모든 게 감사해지는 맛이었다.
비 내리는 여름이면 김치전과 막걸리가 떠오르는 이유는 아
마도 그날의 경험 때문일 테다.

나처럼 기묘한 경험이 없더라도, 술 좋아하는 사람은 대부분
비 내리는 날에 막걸리와 전을 떠올리며 침을 삼킨다.
비와 전의 관계는 희한하다.
대한민국에 존재하는 수많은 안주 중에 전처럼 날씨와 긴밀
한 안주는 없으니 말이다.

그렇다 보니 비는 술꾼에게 없던 술자리를 일부러 만들 좋은 구실이 되기도 한다.

비와 전이 바늘과 실처럼 붙어 다니는 이유에 관해선 설이 분분하다.

비가 내리면 일조량이 줄어들어 '행복 호르몬'이라고 불리는 세로토닌이 감소하기 때문에 우울한 기분을 해소하고자 전을 먹는다는 설이 있다.

굳이 전이 아니어도 비 오는 날에 먹을 게 넘쳐나므로 설득력이 없어 보인다.

비가 내리면 평소보다 날씨가 추워져 본능적으로 고열량의 따뜻한 음식인 전을 찾게 된다는 설도 있다.

글쎄다.

고열량의 따뜻한 음식이라면 치킨, 피자, 튀김도 있는데 굳이 전이어야 할 이유가 있을까.

빗방울이 바닥에 부딪히는 소리가 전 부치는 소리와 비슷하기 때문이라는 설도 있는데, 내겐 이 설이 가장 설득력 있게 들린다.

무언가를 접할 때 그와 비슷한 무언가를 떠올리는 건 자연스러운 현상이니 말이다.

술자리에서 전 부치는 소리를 들으면서 빗소리를 입에 올리는 술꾼을 많이 본 데다, 숭실대 소리공학연구소의 연구 결과에 따르면 두 소리의 주파수가 90% 이상 일치한다니 허투루 넘길 설은 아니라고 본다.

파전, 감자전, 굴전, 녹두전, 동태전, 부추전, 육전, 버섯전, 호박전 등 대한민국에는 정말 다양한 전이 있다.
사실 뭐든 계란 물을 입혀 부치기만 하면 전으로 변신한다.
먹다 남은 김밥은 물론 분홍색 어육 소시지, 프레스 햄, 게맛살, 옥수수 통조림, 라면 등 재료는 무궁무진하다.
그중에서도 내가 가장 좋아하는 전은 배추전이다.

나는 어린 시절에 어머니 덕분에 배추전의 맛을 알게 되었다.
어머니는 비 내리는 날이면 종종 내게 막걸리와 밀가루를 사오라는 심부름을 시키고 배추를 씻으셨다.
곧 먹게 될 배추전을 상상하면 심부름 다녀오는 길이 조금도 귀찮게 느껴지지 않았다.
조리법은 어린 내 눈으로 보기에도 단순했다.
싱싱한 알배추에서 큼직한 잎을 떼어내 밀가루 반죽을 살짝 입혀 부치면 끝이니 말이다.
어머니가 반죽을 입힌 배춧잎을 프라이팬에 올리면, 나는 그 옆에 찰싹 붙어 있다가 막 부쳐 낸 배추전을 허겁지겁 집어 먹었다.

씹으면 베어 나오는 구수하면서도 달큰한 맛이 어린 내 입맛에도 딱이었다.

내가 먹느라 정신이 팔린 사이에, 어머니는 막걸리 안주로 먹을 배추전을 부쳤다.

그때도 배추전 부치는 소리가 빗소리와 비슷하다고 생각했던 걸 보니, 나는 어린 시절부터 이미 술꾼의 자질을 갖추고 있었던 듯하다.

나는 기름이 번들거리는 입을 손등으로 닦으며, 배추전을 안주 삼아 막걸리를 마시는 어머니를 물끄러미 바라봤다.

나를 늘 엄하게만 대했던 어머니의 눈가가 천천히 촉촉해졌다.

나는 그 모습을 보는 일이 민망해 빈 접시에 코를 박았다.

어머니가 돌아가신 지 20년 가까이 지났다.

어머니의 배추전을 못 먹은 세월은 그보다 훨씬 길어졌다.

그 사이에 내 나이는 어머니와 많이 가까워졌다.

어린 시절에 먹었던 어머니의 배추전이 그리워서 몇 차례 직접 만들어 보았는데 모두 실패했다.

전집에서도 여러 번 먹어 보았지만, 어머니의 배추전과 비슷한 맛을 내는 곳은 없었다.

다시 맛을 보지 못할 어린 시절의 배추전을 떠올리는 일은 서글프다.

오래전에 어머니는 왜 배추전에 막걸리를 먹으며 서글퍼했
던 걸까.
비 오는 날이면 나는 가끔 스스로에게 답 없는 질문을 던진다.
비는 종종 눈물을 비유하는 매개로 쓰인다.
전 부치는 소리와 빗소리와 비슷하다면, 눈물 소리도 그와 비
슷하지 않을까?
어머니는 빗소리와 배추전을 부치는 소리로 아들에게 눈물을
감췄던 건 아니었을까?
어머니의 배추전을 추억하며 그런 실없는 생각을 해 보았다.

나이는 생선도 맛있게 만들지

평양냉면이 극단적으로 취향이 갈리는 음식이라면, 생선은 극단적으로 세대가 갈린다.

연령대가 내려갈수록, 특히 아이들이 대체로 생선을 싫어한다. 급식 식단표에 생선으로 끓인 찌개나 구이라도 들어 있는 날이면, 매점은 빵으로 끼니를 때우려는 학생들로 발 디딜 틈 없이 붐빈다.

생선은 단언컨대 급식으로 나오는 반찬 중에서 가장 구박받는 반찬이다.

내 소싯적 경험을 비추어 보면 이 같은 사태의 원인은 크게 두 가지라고 생각한다.

첫 번째는 비린내다.

어육이 주재료이면서도 비린내가 없는 오뎅이나 천하장사소시지, 생선가스를 좋아하는 아이들은 많기 때문이다.

두 번째는 가시다.

생선 가시 바르기는 어른에게도 귀찮은 일인데, 젓가락질이 서툰 아이들에게는 더 말할 필요도 없다.

가시가 목에 한번 걸리면 생선에 트라우마가 생기지 않을 수 없다.

그런데 희한한 일이다.

어렸을 땐 분명히 생선을 싫어했는데, 나이 들어선 이를 즐기는 사람이 적지 않으니 말이다.

나도 그런 사람 중 한 명이다.

그 이유가 무엇인지 곰곰이 생각해 본 나는 술이라는 결론을 내렸다.

성인이 되면서 나보다 나이 든 어른과 술자리를 가지는 일이 늘어났고, 그런 술자리에 생선이 안주로 나오는 일이 잦았다.

돌이켜 보니 내가 생선을 맛있는 음식이라고 느낀 시점은 술을 마시게 된 시점과 멀지 않다.

생선은 내게 반찬보다 안주로 더 매력적인 음식이다.

생선의 대표 주자는 역시 고등어 아닐까.

석쇠를 올려 기름이 자르르 흐르게 구운 고등어 한 점을 안주 삼아 마시는 소주의 맛.

상상만 해도 군침이 흐른다.

무를 큼직하게 썰어 넣은 고등어조림에 소주 한 잔은 또 어떠한가.
젓가락질을 참을 수 없는 기가 막힌 조합이다.

몇 년 전 고등어 양식장이 있는 욕지도에서 먹었던 조림은 내가 지금까지 먹어 본 생선조림 중 최고의 맛이었다.
갓 잡은 신선한 고등어로 만든 조림은 그야말로 진미였다.

갈치는 또 어떠한가.
굵은 소금을 살살 뿌려 구워 낸 갈치 한 토막은 밥도둑이면서 동시에 술도둑이다.
담백하고 고소한 맛이 일품이지만, 술안주로는 먹기에는 뱃살이 일품이다.

내장을 감싼 부드러운 뱃살의 맛,
얼마나 기름지고 풍요로운가.

요즘에는 아프리카 서부 대서양에서 물 건너온 큼직한 갈치가 시장에 많아져 뱃살을 즐기기에 좋아졌다.
구이가 기름지다면 호박을 넣고 매콤하게 끓인 갈치찌개도 좋은 대안이다.
소주 생각이 절로 나는 훌륭한 맛이다.

조기는 잔가시라는 진입 장벽만 넘어서면 확실한 맛으로 보
답하는 감칠맛 덩어리 안주다.
구이로 먹기에는 넝치가 있는 참조기가 좋다.
덩치가 커질수록 잔가시를 바르기도 수월해지고, 발라먹을
살도 많이 나온다.
참조기로 만든 보리굴비는 호불호를 타지만, 한번 맛을 들이
면 지갑이 얇아지는 줄도 모르고 덤벼들게 하는 요물이다.
어중간한 크기의 조기는 매운탕이나 조림으로 먹으면 국물에
살이 풀어져 알뜰하게 안주로 맛을 즐길 수 있다.

꽁치가 숯불 위에서 구워지는 동안 풍기는 고소한 비린내 역
시 술꾼이라면 외면할 수 없다.
고추냉이 간장을 곁들인 잘 구워진 꽁치의 살 한 점, 자주 먹
어서 뻔히 아는 맛인데도 술을 당기게 한다.
특히 신선한 꽁치로 구운 내장은 쌉쌀하면서도 기름져 안주
로 별미다.

한겨울 과메기로 만들어 먹는 꽁치의 맛은 어떠한가.
고소한 맛으로만 따지면 생선으로 만든 모든 안주 중 으뜸이다.

가을 한정으로 전어를 따라올 만한 맛을 자랑하는 생선구이
는 없다.

전어는 조기처럼 잔가시가 많아 먹기가 번거로운 편인데, 제
철인 가을에는 머리뼈조차 억세지 않아 통째로 입안에 넣고
씹어도 목에 걸리지 않는다.

뼈까지 모두 씹어 먹을 수 있는 제철 전어구이의 기름진 고
소한 맛은 술꾼이 가을을 기다리는 중요한 이유 중 하나다.

전어는 회나 조림보다 구이가 제 맛이다.

탕으로 끓인 명태는 소주 안주 중에서 '원픽'으로 꼽힌다.

특유의 시원한 국물은 유독 국물을 좋아하는 대한민국 술꾼
에게 참을 수 없는 유혹이다.

특히 명태는 조물주가 국물을 위해 창조하지 않았나 싶을 정
도로 그 맛이 독보적이어서 상위 호환 어종인 대구와 어깨를
나란히 한다.

그렇다고 국물에만 집중해 살의 식감을 간과해선 안 된다.

시래기를 넣고 매콤한 양념으로 졸인 코다리만큼 훌륭한 식
감을 자랑하는 안주가 어디 흔하던가.

이밖에도 험악한 생김새와 달리 쫄깃하면서도 부드러운 식감
으로 반전 매력을 뽐내는 아귀, 감칠맛과 식감 모두 최상인 뽈

락, 단정하면서도 담백한 맛을 내는 가자미, 톡톡 씹히는 알의
식감이 끝내주는 도루묵 등 여러 생선이 떠오르는데 이대로
썰을 풀었다간 끝이 없을듯해 여기서 정리한다.

이쯤 되면 누군가는 이런 질문을 던질지도 모르겠다.
당신은 무슨 생선을 제일 좋아하느냐고 말이다.
내 대답은 언제나 임연수어다.

임연수어는 전반적으로 무난한 능력치를 가진 게임 캐릭터
를 닮았다.
고등어와 꽁치 같은 등 푸른 생선보다 비린내가 적고, 조기
보다 뼈를 바르기 쉬워 상대적으로 먹기가 편한 반면, 다른
생선보다 덜 기름지고 감칠맛이 적다보니 존재감이 약하다.
그런 임연수어에게도 비장의 무기가 있으니, 바로 껍질이다.
내가 임연수어를 안주로 먹는 일은 껍질을 향한 여정이라고
말해도 과언이 아니다.

먼저 임연수어의 등뼈와 갈비뼈를 바른다.
뼈에 붙은 살을 입으로 훑으며 소주 한 잔을 마신다.
그다음에는 무주공산이 된 살을 젓가락으로 크게 집어 들어
고추냉이 간장에 찍어 먹는다.
임연수어는 살이 두툼해 씹을 게 많은데 이 단계에서 소주잔

을 여러 차례 비우게 된다.
살을 발라먹을 때 주의할 점은 껍질의 형태를 유지하는 일이다.
껍질이 찢어지지 않도록 조심스럽게 젓가락질해야 한다.

마지막으로 소주 한 잔을 들이켠 뒤 껍질로 감싼 밥 한 숟갈
을 입에 넣으면!
고소하고 기름진 감칠맛이 입안에서 씹을 때마다 폭탄처럼
터진다.

강렬한 맛이다.
'임연수어 쌈 싸먹다가 천석꾼이 망했다'는 속담이 과장이 아
님을 깨닫게 하는 진미다.

아이들이 생선을 잘 먹지 않아 걱정하는 부모가 많은데, 임연
수어는 아이들에게 진입 장벽을 낮춰줄 좋은 생선이다.
서툰 젓가락질로도 발라먹기 쉽고, 비린내도 그만하면 무시
할만한 수준이다.
나도 어린 시절에 임연수어만큼은 곧잘 먹었다.

임연수어도 잘 먹지 않아 걱정이다?
괜찮다.
나이 들면 맛을 들일 아이는 알아서 맛을 들일 테니까.

시간이 자연스럽게 해결해 줄 일이다.

이제 어른이 된 아이들이 여러 술자리를 거치며 변화했듯이.

마라샹궈에서 '만만디'를 배우다

몇 년 전, 나는 선배 기자의 호출을 받아 퇴근 후 신길동 차이
나타운으로 향했다.

대림동과 자양동에 있는 차이나타운에서 양꼬치를 안주 삼아
술을 마신 일이 몇 번 있었지만, 신길동은 처음이었다.

나는 당연히 양꼬치와 연태(烟台)고량주 조합을 상상했는데,
선배가 나를 데리고 간 곳은 당시에는 생소했던 마라샹궈를
파는 식당이었다.

나는 낯선 음식에 거부감이 없는 편인데다 맛집을 꿰고 있는
선배의 제안이어서 흔쾌히 그 뒤를 따랐다.

강렬했다.

식당 문을 열자마자 향으로 압도당하기는 처음이었다.

식당은 손님이 직접 선택한 재료를 주방에서 볶아 주는 방식
으로 운영하고 있었다.
나는 재료 선택을 모두 선배에게 맡긴 채 매장을 살폈다.
한국어로 말하는 사람보다 중국어로 말하는 사람이 더 많았
고, 인테리어에서 조금도 한국의 정취가 느껴지지 않았다.
마치 내가 중국의 어딘가에 머물고 있는 듯한 착각이 들게 하
는 분위기였다.

식욕을 돋우는 매콤하고 알싸한 향.
직접 마주하는 마라샹궈는 더욱 강렬했다.
이렇게 향신료가 커다란 존재감을 과시하는 안주가 있었다니.
놀라웠다.

선배가 연태고량주를 땄다.
테이블 위에 연태고량주 특유의 풍성한 꽃향기가 감돌았다.
선배와 건배하고 잔을 비운 뒤 마라 소스에 잘 볶아진 양고
기를 집어먹었다.
혀가 순간 마비되는 얼얼한 맛과 간이 센 자극적인 감칠맛이
입안에서 벌이는 치열한 대결.
그날 술자리는 여기저기서 눈치 보지 않고 폭발하는 향으로
가득해 즐거웠다.
그날 이후 마라샹궈는 내 최애 안주 중 하나가 되었다.

나와 몇 번 더 마라샹궈를 안주 삼아 연태고량주를 비웠던 선배는 내게 팁 하나를 전했다.

집에서도 얼마든지 마라샹궈를 만들어 먹을 수 있다는 정보였다.

아직 전국에 마라 열풍이 불기 전이라 마라샹궈는 아는 사람만 아는 음식인 시절이었다.

그런 마라샹궈를 집에서 만들어 먹을 수 있다?

한창 그 맛에 빠진 나는 선배의 말에 귀가 솔깃했다.

팁은 정말 간단했다.

중국 식자재를 전문으로 다루는 가게에서 마라샹궈 소스를 구입해 재료를 넣고 볶는 게 전부였다.

선배는 자신도 집에서 종종 마라샹궈를 만들어 먹는데 가성비가 훌륭하다며 내게 직접 만들어 먹기를 추천했다.

내가 사는 김포 양촌에는 산업 단지가 크게 형성되어 있고, 많은 외국인 근로자가 그곳에서 일하고 있다.

동네 곳곳에 그들을 상대로 운영하는 식자재 가게가 들어서 있고, 현지인 출신이 운영하는 베트남 음식점이나 태국 음식점도 적지 않아 이국적인 정취를 자아낸다.

나는 선배의 말을 듣고 생전 처음으로 중국 식자재 가게에 발을 들였다.

가게 내부는 별천지였다.

지금까지 어떤 곳에서도 보지 못한 다양한 식재료 앞에서 눈을 둘 곳을 찾기가 어려웠다.

모르면 전문가에게 맡기는 게 속 편하다.
가게 주인은 조선족 출신이었다.

나는 주인에게 마라샹궈 소스를 추천해달라고 부탁했고, 그는 자신이 맛을 본 소스 중에서 가장 맛있었다는 '하이디라오(海底撈)'를 추천해 주었다.
나는 소스를 추천해 준 주인에게 감사해 요즘도 그곳에서 많은 물건을 팔아 주고 있다.
지금까지 굴 소스의 명가 '이금기(李錦記)'가 만든 소스를 비롯해 시중에서 파는 여러 마라샹궈 소스를 먹어 보았는데, 하이디라오보다 맛있는 소스는 없었으니 말이다.
전문가의 입맛은 정확했다.

소스 선택만 전문가의 도움을 받은 게 아니다.
가게 주인은 연태고량주를 집어 드는 내게 설원(雪原)고량주를 맛보지 않겠느냐고 추천했다.
설원은 연태보다 조금 쌌다.
비싼 물건을 구입하려는 손님에게 그보다 싼 물건을 추천하는 데엔 이유가 있을 터였다.

연태보다 도수가 낮아 마실 때 부담이 덜하고, 설원 특유의 파인애플을 연상케 하는 과일향이 마라 소스와 잘 어울린다는 게 주인의 추천사였다.

전문가의 입맛은 역시 정확했다.
마라샹궈 소스를 구입할 때 습관처럼 연태 대신 설원을 집어 드는 걸 보면 말이다.
가성비가 훌륭한 고량주다.

마라샹궈에 들어가는 식재료에는 제한이 없다.
오뎅, 비엔나소시지, 냉동 해물, 떡 사리 등 냉장고를 뒤지면 흔하게 나오는 식재료만으로도 훌륭한 맛을 낼 수 있으니 말이다.
그래도 에이스 반찬 하나쯤은 있어야 밥맛이 나듯이, 마라샹궈에도 자신이 좋아하는 식재료를 하나쯤은 집어넣어야 제 맛이 난다.

내가 마라샹궈를 만들 때 빼놓지 않는 식재료는 푸주(腐竹)다.
푸주는 콩물을 끓일 때 위로 떠오르는 얇은 유막을 접어서 말린 식재료로 쭈글쭈글한 막대기 모양을 하고 있다.
비슷한 식재료로 건두부가 있는데, 푸주는 건두부보다 쫄깃한 식감이 일품이다.
마라 소스의 고추기름을 잔뜩 머금은 푸주를 안주 삼아 마시

안 주 잡 설

는 설원의 상큼한 맛.

하루의 피로가 싹 가시는 행복한 맛이다.

문제는 푸주를 준비하는 데 시간이 꽤 든다는 점이다.

푸주는 미온수에 몇 시간 동안 불려야 비로소 먹을 수 있는 부
드러운 상태로 변한다.

시간을 제대로 들여 불리지 않으면 겉만 불고 속은 딱딱해 먹
다가 낭패를 본다.

나는 불리는 시간을 줄이려고 푸주를 물에 끓인 일이 있었는
데, 너무 오래 끓여 물에 다 풀어져 버리고 말았다.

나중에는 끓이는 시간을 줄여 푸주의 형태를 유지하는 데에는
성공했지만, 특유의 쫄깃한 식감을 놓치고 말았다.

내가 원하는 식감의 푸주를 얻는 방법은 정석대로 오래 물에
불리기뿐이었다.

한국인의 '빨리빨리'는 적어도 여기에선 통하지 않았다.

요즘에는 마라샹궈를 술안주로 먹겠다고 마음을 먹으면 최소
하루 이상을 투자한다.

우선 전날 밤부터 찬물에 푸주를 불린다.

찬물로 불리면 미온수보다 오래 불려야 하는 대신, 식감을 확
실히 살릴 수 있다.

다음 날 이른 아침에 밤새도록 불은 푸주를 먹기 좋은 크기로

자른 뒤 밀폐 용기에 담아 냉장고에 보관한다.

저녁이 되면 냉장고에서 푸주를 꺼내 다양한 식재료를 곁들여 마라 소스로 볶는다.

이렇게 볶아 낸 마라샹궈 속 푸주는 그 어떤 전문 음식점과 견줘도 뒤떨어지지 않는 맛을 자랑한다.

만약 내가 기다림이 주는 소소한 기쁨을 몰랐다면, 마라샹궈를 즐겁게 만들고 맛있게 먹을 수 있었을까.

삶이 100미터 육상 경기도 아닌데 뭘 그렇게 먹는 데까지 '빨리빨리'를 외쳤던 걸까.

급할 때일수록 천천히 생각하라고 했다.

술자리에서 마라샹궈로 배운 '만만디(慢慢的)'의 지혜다.

분홍 소시지, 비엔나소시지, 다시 분홍 소시지

1989년은 내게 세 가지 냄새로 기억에 남는 해다.

첫 번째 냄새는 최루탄 냄새다.

당시 내가 다녔던 국민학교와 가까운 대학교 캠퍼스에선 하루가 멀다 하고 데모가 벌어졌다.

그런 날엔 경찰이 데모를 진압하려고 쏜 최루탄 연기가 학교 운동장에 안개처럼 깔렸고, 어린 나는 따갑고 매캐한 연기를 견디지 못해 눈물과 콧물을 쏟곤 했다.

신병 교육대에서 맡았던 화생방 가스 냄새와 더불어 내가 지금까지 경험한 최악의 냄새다.

나머지 둘은 음식 냄새인데, 그중 하나는 양념치킨 냄새다.

생닭 집에서 갓 잡아 튀긴 통닭만 알았던 나는 처음 양념치킨을 접하고 충격에 빠졌다.

반사적으로 입안에 침이 고이게 하는 매콤 달콤한 소스의 냄새.
그때 먹은 페리카나치킨은 내가 태어나서 처음으로 먹은 프
랜차이즈 양념치킨이었다.
세상에 이렇게 맛있는 냄새가 또 있나 싶었는데, 얼마 후 나는
그보다 더 놀라운 냄새를 맡게 된다.

때는 여름 방학이었다.
나는 온종일 바깥을 싸돌아다니는 마르고 새까만 아이였다.
아침부터 학교 화단에서 샐비어 꽃을 따 꿀을 빨아먹었고, 부
지런히 병을 주워 가게에 팔아 동전을 마련해 오락실에서 탕
진했다.
그렇게 놀다가 심심해지면 공터에서 돌보는 사람 없이 자라
는 강낭콩을 따다가 집으로 가져갔다.
집에서 어머니 손을 거친 강낭콩은 그날 저녁 콩밥의 재료
가 되곤 했다.
콩밥을 딱히 좋아하진 않았지만, 내가 직접 따온 콩을 넣어 지
은 밥은 이상하게 맛있었다.

여느 때처럼 해질녘까지 놀다가 집으로 돌아온 나는 방안에
진동하는 맛있는 냄새 때문에 흥분했다.
고기 냄새 같으면서도 낯선?
지금까지 한 번도 맡아보지 못한 독특한 냄새였다.

어머니가 프라이팬에서 굽고 있던 선홍색의 무언가.
그날 나는 처음 햄과 인연을 맺었다.

고소한 콩밥과 찰떡궁합인 기름지고 짭조름한 맛.
지금까지 먹어 온 분홍 소시지와 비교할 수 없는 기가 막힌
맛이었다.
그날 이후 나는 밥상에 오르면 환장하고 먹었던 분홍 소시지
를 즐겁게 먹지 못하게 되었다.

햄이 최고의 반찬이라는 생각은 이듬해에 바로 깨졌다.
3학년 때부터 수업 시간이 길어졌고, 도시락 가방이 등굣길
에 추가되었다.
점심시간은 내가 싸온 도시락 반찬보다 함께 밥을 먹는 같은
반 친구들의 도시락 반찬이 더 궁금해지는 시간이다.
그때 나는 다른 친구의 도시락에 담겨 있던 비엔나소시지를
처음 먹어 봤다.
입안에서 톡 터지는 쫄깃한 식감과 햄보다 더 고기를 닮은
짙은 맛.
그동안 맛있게 먹어온 햄의 식감이 분홍 소시지처럼 푸석푸
석하게 느껴졌다.
뛰는 놈 위에 나는 놈이 있다는 걸 어린 나이에 반찬으로 배
웠다.

대학에 진학해 자취를 시작한 이후, 학창 시절 에이스 반찬이었던 비엔나소시지는 밥상 대신 술상에 안주로 더 자주 올랐다. 안주를 부실하게 먹고 싶진 않은데 주머니가 가벼울 때, 비엔나소시지는 탁월한 선택지였다.

한입 크기여서 쏙쏙 집어먹기가 편한데다, 별다른 조리를 하지 않아도 그럭저럭 괜찮은 맛을 내니 말이다.

'천하장사', '맥스봉' 등 분홍 소시지와 같은 뿌리에서 나온 어육 소시지도 안주로 간단히 먹을 만하지만, 씹는 맛은 역시 비엔나소시지가 어육 소시지보다 몇 수 위다.

지금까지 안주로 수많은 비엔나소시지 봉지를 비웠지만, 프레스햄 세계에선 역시 스팸의 맛이 으뜸이고 활용도도 높다.

'따끈한 밥에 스팸 한 조각'이란 광고 카피에서도 알 수 있듯이 반찬으로서 스팸의 위상은 대한민국에서 독보적이다.

더 말해 봐야 입만 아픈데, 맛있는 반찬은 곧 맛있는 안주다.

스팸 한 조각을 올린 따끈한 밥 한 숟갈은 그 자체로 든든하고 맛깔 나는 안주다.

그뿐인가?

스팸을 굽고 남은 기름으로 계란 프라이를 부쳐 보자.

식용유로 부친 계란 프라이와 냄새부터 다르다.

기름이 더 남았다면 신김치를 볶아 스팸과 함께 먹어 보자.
이건 밥도둑이자 술도둑이다.

먹고 남은 스팸은 다음날 라면에 넣으면 훌륭한 해장 라면의
조미료이자 건더기가 된다.
조금 독특한 안주를 만들어보고 싶다면 에어프라이어를 활
용해 보자.
슬라이스 치즈를 위에 올린 스팸을 통째로 에어프라이어에
넣고 익히면 맥주 생각이 절로 나는 '겉바속촉' 일품 안주가
만들어진다.

나이 마흔을 넘긴 후 입맛에 변화가 생겼다.
소싯적에 햄의 맛을 본 이후 끊다시피 했던 분홍 소시지의 맛
이 자꾸 떠오르기 시작했다.
가게에서 내 돈 주고 단 한 번도 산 일이 없었고, 어쩌다 식당
에 갔을 때 기본 반찬으로 나오면 한두 개 집어먹는 게 전부
였던 분홍 소시지.
원재료를 파악하기 어려운 인공적인 풍미와 밀가루를 뭉쳐
내놓은 듯한 식감.
그 맛이 왜 느닷없이 그리워진 걸까.
궁금하면 먹어 보는 수밖에 없다.

나는 아내와 함께 대형 마트에서 장을 봤던 날, 슬쩍 분홍 소
시지를 카트에 집어넣었다.

다음 끼니에 반찬으로 오른 분홍 소시지는 놀랍게도 맛있었다.

맛도 향도 예전 그대로인데 어이가 없었다.

요즘에는 분홍 소시지가 제일 맛있어서 아내에게 자주 반찬
으로 만들어달라고 조른다.

아내는 종종 두껍게 썬 분홍 소시지를 기름에 튀긴 후 맛소
금을 뿌려 내놓는데, 단순한 조리법과 달리 희한하게 맛이 좋
아 술안주로 딱이다.

특히 맥주 안주로 잘 어울린다.

계란물을 묻혀 부쳐 낸 분홍 소시지가 식상해졌다면 이 조리
법을 강력하게 추천한다.

분홍 소시지를 다시 좋아하게 된 이후, 나는 오랜 세월 잊고
살았던 소소한 기억 몇 개를 되살릴 수 있었다.

최루탄 연기 속에서 길을 잃은 채 울고 있는 나를 감싸고 달
래 주던 어머니의 손길,

내가 직접 따온 강낭콩을 자랑스럽게 보여 주면 잘했다고 칭
찬해 주던 어머니의 목소리,

온종일 밖에서 놀다가 들어온 나를 위해 식사를 준비하던 어

머니의 뒷모습,
저무는 해를 따라서 방바닥에 길게 늘어지던 어머니의 그림
자……

이제 어머니는 세상에 계시지 않으므로,
그 기억은 내 머릿속에만 아련하게 빛바랜 필름 사진처럼 남
아 있다.

요즘 들어 부쩍 잊었던 맛이 그리워질 때가 많다.
나는 추억들을 모으다 지쳐 가고, 떠난 사람은 추억되어 흩
어져 간다.
잊었던 맛이 술자리에서 그리워진다는 건 추억의 영사기를 다
시 돌려야 할 때임을 알리는 신호인지도 모르겠다.

치즈가 알려준 와인을 대하는 예의

나는 와인 앞에만 서면 작아진다.
내 손으로 밥벌이를 하지 않던 시절에는 제대로 마셔 본 일이
없었고, 기자로 일하던 시절에는 격식을 차려야 하는 공적인
자리에서나 몇 잔 마시는 게 전부였다.

내가 와인에 관해 아는 건 붉으면 레드와인이고 투명하면 화
이트와인이라는 사실, 샴페인처럼 탄산 가스를 포함한 화이
트와인은 스파클링와인, 달면 스위트하고 달지 않으면 드라
이하다고 부른다는 게 전부다.

빈티지, 아로마, 부케, 테루아, 리저브와 같은 용어는 여전히
낯설고, 대형 마트 주류 쪽에서도 와인보다는 소주나 맥주처
럼 익숙한 주종에 먼저 손이 간다.

아직도 내게 와인은 어렵다.

과거에는 잘 모른다는 이유로 무식한 짓을 많이 했다.
괜히 센 척하며 와인을 가득 채운 잔을 원샷으로 비우기는
예사였다.
술에 취해 만화 〈신의 물방울〉에 등장하는 디캔팅(병에 담긴 와인
을 바닥이 넓고 주둥이가 긴 유리 용기로 따라서 옮기는 행위)을 흉내 내며 사발
에 와인을 따르다가 쏟기도 했다.
회식 자리의 끄트머리에 오른 와인을 소맥과 섞어 '드라큘라
주'라는 폭탄주를 만드는 만행도 저질렀다.
붉게 물든 입 주위를 손등으로 닦으며 흡혈귀 흉내를 냈던 나
는 다음날 아침 '신의 물방울'을 함부로 다룬 죄로 지독한 숙
취에 시달렸다.

기자 초년병 시절을 벗어날 무렵, 술을 잘 못 마시는 사람들과
저녁 식사를 함께 했던 일이 있었다.
친한 사람과 함께 하는 자리라면 양해를 구하고 혼자 소주
를 주문해 마시면 될 텐데, 그럴 만큼 편한 자리는 아니었다.
당연히 저녁 식사만 마치고 뿔뿔이 흩어질 줄 알았는데, 일
행 중 누군가가 가까운 곳에 괜찮은 와인 바가 있다며 2차
를 제안했다.
소주가 아니어서 아쉬웠지만, 어차피 이른 시간에 집으로 돌

아가면 혼술을 할 게 뻔해 2차에 동행했다.

와인 바를 한 번도 경험해 보지 못한 터라 궁금하기도 했고.

마감 벽면을 그대로 드러낸 인더스트리얼 인테리어와 다소 어두운 톤의 조명.

예상대로 와인 바의 분위기는 여느 술집처럼 왁자지껄 떠들어도 괜찮을 분위기는 아니었다.

잠시 후 직원이 와인 한 병과 도끼 모양의 나무 도마를 들고 테이블로 다가왔다.

치즈 플레이트라고 불린 나무 도마 위에는 처음 보는 다양한 종류의 치즈 조각이 놓여 있었다.

아는 치즈라고는 슬라이스 체더치즈, 피자를 만들 때 쓰는 모짜렐라치즈, 피자를 먹을 때 뿌려먹는 파마산치즈, 편의점에서 파는 스트링 치즈가 전부였던 내게 치즈 플레이트는 신세계였다.

볼이 넓고 입구가 좁은 잔을 살짝 채운 레드와인.

잔을 기울일 때 자연스럽게도 코가 입구에 잠기자 향수를 방불케 하는 폭발적인 향기가 느껴졌다.

그동안 와인을 마실 일이 있으면 잔을 비우기에 바빴던 터라 얌전한 분위기 속에서 향기를 제대로 느껴 보긴 그때가 처음이었다.

더 놀라운 건 안주로 먹은 치즈였다.

겉은 하얀 껍질로 싸여 있고 속은 촉촉하게 녹아 있는 치즈였는데, 입안에 들어가자마자 와인의 떫은맛을 줄여 주고 농후한 감칠맛을 기분 좋게 남겼다.

이게 바로 말로만 듣던 '마리아주'인가 싶었다.

그 치즈는 브리 치즈였다.

치즈는 내가 생각하는 훌륭한 안주의 기준인 '배부르지 않고 맛있어야 한다'에 정확하게 부합했다.

치즈에 맛을 들인 이후, 나는 장을 보러 대형 마트에 들를 때마다 유제품 쪽에 들러 어떤 치즈가 있는지 살폈다.

브리를 비롯해 고다, 에담, 에멘탈, 까망베르, 고르곤졸라, 마스카포네, 페타, 그뤼에르 등등…….

유제품 쪽에 진열된 치즈의 종류는 양념 쪽에 진열된 조미료만큼 다양했다.

나는 입맛에 맞는 치즈를 찾기 위해 틈나는 대로 낯선 치즈를 하나하나 섭렵해 나갔다.

시행착오를 거듭한 끝에 나는 몇몇 치즈에 정착할 수 있다.

그뤼에르는 강한 견과류 향과 짭짤한 맛으로 나를 사로잡았다.

주로 녹여서 퐁듀나 맥앤드치즈의 재료로 쓰는 딱딱한 치즈

인데, 얇게 썰어 입안에서 녹여 먹으면 안 그래도 강한 향이
배가 된다.
향이 옅은 와인은 이 치즈와 어울리지 못하고 겉돌 수도 있다.
내 입맛에는 와인보다 도수가 훨씬 높고 향이 강한 위스키
와 더 어울렸다.
배부르지 않고 맛있는 안주의 정석이다.

고르곤졸라의 향은 강렬한 수준을 넘어 압도적이다.
처음 고르곤졸라를 사서 생으로 한 조각 먹었을 때 남은 걸 어
떻게 처리해야 하나 고민했을 정도다.

고르곤졸라를 간단히 맛있게 먹는 방법이 있다.
올리브 오일을 살짝 뿌린 만두피에 고르곤졸라를 올려 전자
레인지로 데운 뒤 꿀을 찍어 먹어 보자.
맛이 정말 좋아 어이가 없다.
먹기도 편하고 맥주 안주로 제격이다.

내가 향이 강한 치즈만 좋아한다고 생각하면 오해다.
부라타 치즈 또한 내가 사랑하는 안주 중 하나다.
쫄깃한 모짜렐라 껍질을 가르면 쏟아져 나오는 부드러운 크림.
여기에 발사믹식초와 올리브오일을 두르고 히말라야 핑크
소금을 뿌리면 폼 나는 와인 안주 하나가 뚝딱 만들어진다.

이건 나만의 팁인데 MSG를 살짝 뿌리면 더 맛있다.

유통 기한이 임박한 우유가 많이 남았다면 리코타치즈를 만들어보자.
우유를 냄비에 쏟아붓고 레몬즙을 넣어 끓인 뒤 면보로 유청을 거르면 끝이다.
라면 끓이기만큼 쉽다.
안주로는 심심하지만, 샐러드와 곁들여 먹기에는 딱이다.
먹을수록 건강해지는 기분이 든다.

그중에서도 내가 가장 좋아하는 치즈 안주는 브리와 한 뿌리에서 나온 까망베르다.
처음에는 브리를 더 좋아했지만, 언젠가부터 까망베르의 꼬릿꼬릿한 향과 농후한 감칠맛에 빠져들었다.
카망베르 특유의 버섯향도 와인을 부르는 안주다.
대부분 까망베르를 부채꼴로 잘라서 먹는데, 나는 그렇게 먹지 않는다.
크리미한 속이 자를 때 흘러나오는 게 싫기 때문이다.

나는 까망베르를 상온에 몇 시간 뒤 속을 더 부드럽게 만든 뒤 통째로 손에 들고 조금씩 썹어 먹는다.
이렇게 먹으면 속이 바깥으로 흘러나오지 않고, 먹는 동안 치즈에 체온이 전달되어 부드러운 속이 더 부드러워진다.

그 맛이 와인과 찰떡궁합이다.

속이 흘러나오지 않도록 다 먹을 때까지 손에 들고 있어야 한

다는 점이 번거롭지만 말이다.

앞으로도 나는 와인을 잘 모를 테고, 다른 술보다 더 즐기지

도 않을 듯하다.

내 입맛에는 역시 독한 증류주가 제일이다.

하지만 '드라큘라주'를 만드는 등 '신의 물방울'을 함부로 다

루는 일은 없을 테다.

그게 술을 대하는 작은 예의란 걸 치즈가 알려 주었다.

왜 나는 골뱅이를 사랑하는가

지난 2015년 여름, 나는 토요일 밤마다 SBS 드라마 〈심야식당〉을 본방 사수했다.

나는 원작 만화뿐만 아니라 일본에서 원작을 바탕으로 만들어진 드라마의 팬이어서 한국 리메이크 판을 손꼽아 기다렸다. 특히 한국 리메이크 판에는 원작에만 있고 일본판에는 없는 배역인 '뚱녀'(놀랍게도 실제 배역 이름이다!)가 등장하는데, 이 배역을 아내인 박준면 배우가 맡은 터라 더 기대가 컸다.

기대한 대로 아내는 드라마에서 실감나는 먹방 연기를 선보여 방송 내내 화제를 모았다.

〈심야식당〉은 원작처럼 다양한 음식을 다뤘는데, 그중에 골뱅이를 다룬 일화가 있었다.

초등학교 동창 사이인 남녀가 우연히 심야식당에서 다시 만나

연인 관계로 발전하는데, 남자가 여자에게 골뱅이 통조림을 바치며 프러포즈하고 결혼에 성공한다는 이야기를 다룬 일화다.
훈훈한 로맨스를 보고 미소 지으며 나는 아내와 처음 만난 날을 떠올렸다.
그날 아내와 마지막으로 술자리를 가진 곳이 통골뱅이집이었기 때문이다.

앞서 꼬치구이를 다룰 때 언급했는데, 나는 2014년 여름에 기자로서 아내와 인터뷰를 하다가 인연을 맺었다.
당시 아내와 나는 홍대 앞에서 가볍게 맥주를 마신 뒤 땡땡이 골목으로 이동해 꼬치구이집에서 소주를 마셨다.
그곳에서 적당히 취한 나는 뜨끈한 국물 안주가 당겼고, 아내는 근처에 있는 통골뱅이집으로 나를 이끌었다.
큰 솥에서 끓여 낸 골뱅이와 홍합을 국물과 함께 양은 냄비에 가득 담아 내주는 그곳은 20년 넘게 한자리를 지킨 홍대 앞의 명소다.
벽을 빼곡하게 채운 수많은 셀럽의 사인은 그곳의 유명세를 확인시켜 주는 증거였다.

소주 한 잔을 마신 뒤 골뱅이에서 알맹이를 빼 초고추장에 찍어 안주로 먹고, 국물로 입가심한 뒤 다시 빈 잔을 채우는 과정이 아내와 나 사이에서 반복되었다.

그날 만취해 둘 사이에 무슨 이야기가 오갔는지 잘 기억나지
않지만, 한 가지는 확실하다.
첫 번째 술자리에서 기자님과 배우님이었던 서로의 호칭이
꼬치구이집과 통골뱅이집을 거쳐 동생과 누님, 여보와 자기
로 바뀌었다는 사실이다.
〈심야식당〉에 등장하는 연인처럼 아내와 내게도 골뱅이는 사
랑의 오작교였다.

돌이켜 보니 아내와 나의 관계는 아이러니에서 출발했다.
배우와 기자가 사적으로 친밀한 관계를 넘어 연인이나 부부
로 이어진 사례는 극히 드물다.
어디까지나 일로 만난 관계이기 때문이다.
나는 아내에게 남자로서 잘 보이고 싶은 마음이 전혀 없었다.
인터뷰를 나누다 보니 유난히 편하고 이야기가 잘 통해 술자
리를 가졌을 뿐이었다.
아내 역시 마찬가지였다.
오랜 세월 배우로 활동하며 많은 기자를 상대했던 아내다.
그런 아내에게 나는 아마도 스쳐 지나갈 한 명의 평범한 기자
일 뿐이었을 테다.

알랭 드 보통은 로맨스 소설 〈왜 나는 너를 사랑하는가〉를 통해
"가장 매력을 느끼지 못하는 사람을 가장 쉽게 유혹할 수 있다

는 것은 사랑의 아이러니 가운데 하나"라고 말했다.

사랑이란 집착할 때보다 집착을 버릴 때 이뤄질 가능성이 커짐을 통찰하는 명문장이라고 생각한다.

만약 내가 인터뷰 당시 아내에게 다른 마음이 있었다면 결과는 달랐을 것이다.

아내는 나와 만나기 불과 한 달 전에 다른 매체와 진행한 인터뷰에서 결혼 생각이 없다고 잘라 말했었고, 나는 호감 있는 여자 앞에서 늘 허둥지둥하며 어리숙한 모습만 보이는 지질한 남자였으니 말이다.

서로에게 특별한 감정이 없었기 때문에 오히려 특별한 감정을 느끼고 또 특별한 관계로 이어졌다니. 참 아이러니다.

그날 함께 안주로 먹은 골뱅이에도 만만치 않은 아이러니가 숨어 있다.

골뱅이 무침은 국민 안주라고 불러도 과언이 아닐 정도로 인기가 대단하다.

국내산 참골뱅이로는 수요를 감당할 수 없다보니, 시중에 통조림으로 유통되는 골뱅이는 대부분 수입산이다.

한국에 골뱅이를 가장 많이 수출한 나라는 영국인데, 정작 영국인은 골뱅이를 먹지 않는다.

한국은 세계에서 유일하게 골뱅이를 즐겨먹는 나라로, 전 세계 골뱅이 생산량의 90% 이상을 소비한다.

영국의 어민은 오직 한국에 수출하기 위해 골뱅이를 잡는다.
한국인의 식성이 의도치 않게 지구 반대편 나라 어민의 삶
을 바꾼 셈이다.
지구 스케일 급의 아이러니다.

더 기가 막힌 아이러니는 아내와 내가 통골뱅이집에서 먹었
던 골뱅이가 사실 골뱅이가 아니라는 점이다.
시중에 골뱅이라는 이름으로 팔리는 물건은 참골뱅이로 불
리는 동해안산 물레고둥, 부키눔 운다툼(Buccinum undatum)이라
학명으로 불리는 유럽산 골뱅이, 서해안에서 잡히는 큰구슬
우렁이 등이다.
이 중 가장 흔하게 잡히는 큰구슬우렁이가 우렁이라는 신분을
세탁한 뒤 구슬골뱅이라는 이름으로 저렴하게 팔리고 있다.
아내와 내가 통골뱅이집에서 먹었던 골뱅이도 이 녀석이다.

역돔이라는 이름으로 팔리는 민물고기 틸라피아가 도미와
아무런 관계가 없듯이, 큰구슬우렁이와 골뱅이는 과(科)부터
다르다.
큰구슬우렁이도 술안주로 먹을 만하지만, 역시 참골뱅이의 맛
을 따라오긴 어렵다.
쫄깃한 식감과 초장 맛으로 먹는 큰구슬우렁이와 달리 참골
뱅이는 연하고 짙은 단맛이 난다.

틸라피아는 도미를 닮기라도 했지만, 큰구슬우렁이의 참골뱅이와 비교하면 딴판이다.

골뱅이도 아닌 것이 골뱅이 행세를 하며 골뱅이 대중화의 주역이 된 셈이다.

많은 사람이 아는 골뱅이의 맛이 실은 큰구슬우렁이의 맛이고, 큰구슬우렁이의 정체를 아는 사람은 많지 않다니. 참 아이러니다.

나는 미래를 확신할 수 없다는 점을 확신한다.

지금까지 그래 왔듯이 삶은 언제나 예측 범위를 벗어나는 사건의 연속이었고, 앞으로도 수많은 아이러니를 경험할 게 뻔하기 때문이다.

마음을 비우기가 쉽진 않겠지만, 아이러니가 여러 겹으로 빚어 낼 미래를 술 한 잔과 함께 여유롭게 받아들이는 사람이 되고 싶다.

나와 마주 앉아 함께 골뱅이 껍데기를 까면서 편하게 수다를 떨 수 있는 사람이 곁에 있어서 다행이다.

우리의 혼술상이 풍성한 이유

지금 시간은 토요일 새벽 3시.
밤이 깊어도 잠이 오지 않아 말똥말똥한데,
느닷없이 닭 모래집과 소주가 당긴다.

이 시간에 뭐든 먹으면 다음날 일어나 반드시 후회하리라는
걸 잘 안다.
그런데도 한번 머릿속에 떠오른 안주와 술을 떨칠 수 없으니
미치고 팔딱 뛸 노릇이다.
나라는 인간의 나약함을 한탄하는 사이에,

두 손은 저절로 움직여 휴대 전화로 배달앱을 실행한다.

아뿔싸!

아무리 배달앱을 뒤져봐도 이 시간에 닭 모래집을 배달하는
매장이 없다.
어차피 버린 몸이니 이대로 물러설 수 없다면, 남은 선택지
는 하나다.
가까운 24시간 편의점으로 달려가 냉동고를 뒤지는 일이다.

냉동식품은 혼술의 저변을 넓힌 일등 공신이라고 부를 만하다.
곱창, 닭발, 돈가스, 돼지 껍데기, 막창, 만두, 오돌뼈, 주꾸미,
치킨, 피자 등등…….

냉동식품 덕분에 직접 만들기 번거롭고 술집에 가야만 맛볼
수 있는 다양한 안주가 언제든지 혼술상에 오를 수 있게 되
었으니 말이다.
냉동식품이 없었다면 혼술의 풍경은 지금과 달리 꽤 심심했
을 테다.

냉동식품계의 전통 강자는 역시 만두다.
특히 '비비고 왕교자'를 필두로 한 프리미엄 냉동만두는 어지
간한 만두 전문점 뺨치게 맛있어서 해외 시장에서도 선풍적
인 인기를 끌고 있다.
맛에선 비비고를 따라올 냉동만두를 찾기가 어렵지만, 그래

도 내게는 여전히 냉동만두하면 '고향만두'다.
어린 시절부터 지금까지 가장 많이 먹어 온 만두이니 어쩔
수 없다.

주머니가 한없이 가볍던 시절, 전자레인지에 봉지째 데운 고
향만두는 저렴하면서도 든든한 한 끼이면서 동시에 맛있는
안주였다.
예나 지금이나 가성비 하나는 최고인 냉동만두다.
비비고의 속이 꽉 찬 충실한 맛도 좋지만, 오랜 세월 혀에 인
이 박인 고향만두 특유의 가벼운 맛은 언제 먹어도 반갑다.
크기가 작아 먹기 편하고 빨리 데울 수 있다는 점도 매력적
이다.

고향만두처럼 가성비가 훌륭한 냉동식품으로 피자를 빼면
섭섭하다.
'피맥'이란 표현이 '치맥'만큼 흔해졌다는 점에서도 알 수 있
듯이, 짭조름하면서도 느끼한 피자와 시원하고 쌉싸름한 맥
주의 조합은 기가 막히다.
냉동피자는 냉동만두만큼이나 오랜 역사를 자랑하는 터라 종
류도 많고 맛도 고르게 괜찮은 편인데, 후발 주자인 국산보다
수입산 제품이 더 맛있게 느껴지는 건 어쩔 수 없다.
특히 독일산 '리스토란테' 냉동피자는 어떻게 이 가격에 이런

맛이 나는지 궁금할 정도로 가성비가 좋아 대형 마트에 가면 반드시 챙기는 물건이다.

닭발, 막창 등 특수 부위로 만든 냉동식품 역시 혼술상을 풍성하게 만들어 준 한 축이다.
술집에서 안주로 먹는 특수 부위가 대개 그러하듯, 특수 부위 냉동식품 역시 소주와 잘 어울린다.

하지만 만두, 피자와 달리 아쉬운 점부터 지적하고 넘어가야겠다.
잡내를 잡기 어려운 재료의 특성 때문일까?
매콤한 양념으로 잡내를 가린 제품이 지나치게 많다.
눈을 감고 먹으면 양념 맛만 느껴져 무슨 부위인지 알 수 없는 제품뿐만 아니라, 양념을 떡칠하고도 잡내를 잡지 못한 제품도 있었다.
점점 나아지고 있긴 하지만, 개선이 필요한 부분이다.

내 경험상 실패할 확률이 낮은 특수 부위는 닭 모래집과 소의 내장으로 만든 냉동식품이다.
두 부위는 해동해도 식감이 살아있는 편인데다, 매운 양념으로 재료 맛을 가린 제품도 적은 편이다.
한밤중에 소주와 특수 부위가 당길 땐 가능하면 두 부위로 만든 냉동식품을 선택하는 게 입에도 좋고 정신 건강에도 좋다.

최근에 필수 가전으로 자리 잡은 에어프라이어는 '먹을 만하
다'는 평가를 받아온 냉동식품의 맛을 '맛있다' 수준으로 끌어
올리며 혼술상에 일대 혁명을 가져왔다.
에어프라이어는 기름 없이도 간편하게 튀김 요리를 만들어
먹을 수 있는 길을 열어줌으로써 혼술 안주의 지평을 넓혔다.
이젠 대형 마트에서 혼술족을 겨냥한 에어프라이어 전용 냉
동식품을 흔히 보는 세상이다.
바야흐로 '대(大) 혼술의 시대'다.

나는 에어프라이어를 장만한 후 프렌치프라이, 해시 브라운,
웨지 포테이토 등 냉동 상태로 유통되는 다양한 감자를 맥주
안주로 즐기게 되었다.
에어프라이어가 없었던 시절에는 시도조차 해보지 않았던
일이다.

신발도 튀기면 맛있다고 하지 않던가.
에어프라이어로 막 조리를 마친 냉동 프렌치프라이는 냄새
로 사람을 잡는다.
이대로 케첩에 찍어 맥주와 먹어도 맛있지만, 그 위에 트러플
오일을 스프레이로 살짝 뿌려 보자.

그 순간 흔한 프렌치프라이가 별미로 변신하는 마법을 보여
준다.
비싼 트러플 오일이 아니어도 마법을 부리기에 충분하다.
여기에 향이 짙은 에일 맥주를 더해 보자.
어이없게 맛이 좋아 웃음이 절로 나온다.

에어프라이어 덕분에 오해를 푼 냉동식품도 있는데, 바로 치
킨이다.
과거에 내가 냉동치킨을 조리했던 도구는 전자레인지였다.
전자레인지로 데운 냉동치킨의 맛은 비참했다.
눅눅해진 튀김옷의 식감은 엉망이었고, 심지어 비린내를 풍
기기도 했다.

에어프라이어를 장만한 후에야 조리법의 차이가 얼마나 재료
의 맛을 좌우하는지 깨달았다.
일례로 나는 군대 PX 냉동식품의 최강자인 '슈넬치킨'을 무
시해 왔는데, 에어프라이어로 해당 제품을 조리해 먹어 본 후
생각을 바꿨다.
에어프라이어로 조리한 슈넬치킨은 마치 KFC 오리지널 치킨
과 비슷한 식감과 맛을 보여 줬기 때문이다.
슈넬치킨을 비롯해 가라아게, 닭꼬치, 닭껍질, 버팔로윙, 닭봉
등은 이제 내 혼술상의 단골 안주다.

모두 에어프라이어가 불러일으킨 나비효과다.

저마다 의견이 갈릴 텐데, 나는 혼술을 매우 긍정적으로 바라
보는 쪽에 속한다.
혼술은 현실의 내가 술잔 위에 떠 있는 나를 독대하는 자리다.
혼술하는 시간만큼 집중해서 내 마음을 들여다보기 좋았던
시간은 없었다.
그 시간은 어떤 형태로든 내 일상과 소설 쓰기에 크고 작은
영향을 미쳤다.

안주는 그 시간을 말없이 함께 한 동행이었다.
냉동식품 덕분에 여러 좋은 동행과 인연을 맺었다.
그런 동행이 많아진다는 건 즐거운 일이다.
냉동식품 만세!

상상으로도 맛있으니까, 영덕대게

다들 대게 좋아하시죠?
오늘은 제가 가장 맛있게 먹었던 대게 이야기를 이 자리에서
풀어 볼까 합니다.

아이고!
성질도 급하셔라!
벌써 뚜껑에 손을 대시면 어떡합니까.
제 이야기를 들으며 몇 분만 뜸을 들였다가 드셔 보시죠.
그러면 훨씬 더 맛있을 테니 말입니다.
잠시만 뚜껑에서 손을 떼 주세요.
몇 분이면 충분합니다.

때는 지난 2019년 8월 27일 해 질 무렵, 저는 영덕 해안 도

로에서 전속력으로 자전거 페달을 밟고 있었습니다.

그때 저는 3박 4일에 걸쳐 고성 통일전망대에서 영덕 해맞이 공원까지 350km 가량 이어지는 동해안 자전거길 종주를 막 마친 상황이었죠.

완주했다는 기쁨을 느낄 새가 없었습니다.

아직 숙소를 잡지 않았는데, 해가 점점 빨리 기울고 있었거든요.

숙박앱으로 검색해보니 해맞이공원에서 약 10km 떨어진 강구항까지 가야 겨우 숙소를 찾을 수 있겠더라고요.

별수 있나요?

노숙하지 않으려면 달려야죠.

페달을 밟는 동안 잊었던 허기가 일시불로 제게 달려들데요?

이건 뭐 빚을 독촉하는 사채업자도 아니고.

제 머릿속에는 이미 저녁 메뉴가 정해져 있었습니다.

영덕 하면 대게, 대게 하면 영덕 아닙니까.

하지만 시간이 촉박했습니다.

몇 년 전 아내와 영덕에 놀러왔을 때, 강구항의 대게집 상당 수가 오후 9시쯤이면 문을 닫는다는 사실을 몰라 낭패를 본 일이 있었거든요.

페달을 멈추고 휴대 전화로 시간을 확인해 보니 오후 8시를
넘어가는 중이었습니다.
아무튼 게 맛을 보려면 더 빨리 움직여야 했습니다.
페달을 밟는 허벅지가 후들거리더라고요. 몇 번이나 페달을
헛밟았는지 모릅니다.

오후 8시 30분쯤에 강구항에 닿았습니다.
눈에 띄는 대게집 간판 대부분에 조명이 켜져 있긴 했지만, 거
리에 오가는 사람은 드물더라고요.

예감이 좋지 않았습니다.

가장 먼저 바퀴가 닿는 대게집 앞에 자전거를 세우고 가게 안
을 살폈는데 손님이 아무도 없었습니다.
카운터 직원에게 조심스레 주문이 가능한지 물으니 오늘 영업
을 정리 중이라는 냉정한 대답만 돌아오더라고요.

그때 얼마나 아찔하던지.
하늘이 무너지는 기분이더라니까요?
출입문에 적힌 공식 영업 종료 시각은 오후 10시 아니냐고 항
변했지만 소용이 없었습니다.

저라도 그렇게 손님이 뜸하면 일찍 문을 닫을 거예요.
하지만 저는 언제 다시 여기에 올지 모르지 않습니까.
다른 가게로 가 봤자 비슷한 상황이 반복될 것 같았습니다.
저는 지을 수 있는 가장 불쌍한 표정을 지으며 직원에게 빨리
먹고 가겠다고 읍소했죠.

그때!
난감해하는 직원 앞에 사장님이 나타나 구세주처럼 선언했
습니다.
한 시간 안에 먹고 가겠다고 약속하면 대게를 준비해 드리
겠다고.

오! 지저스!
저는 사장님의 마음이 바뀌기 전에 바로 신발부터 벗고 대게
한 마리와 소주 한 병을 주문했어요.
소주는 당연히 경북 지역 소주인 '참소주'를 시켰죠.

배가 너무 고팠던 저는 게가 나오기도 전에 쓰끼다시로 나온
골뱅이, 새우튀김, 메추리알 등을 안주 삼아 소주 한 병을 순
식간에 비웠습니다.
시장이 최고의 반찬임을 다시 한 번 실감했습니다.
쓰끼다시 접시가 거의 다 비었을 때쯤 먹기 좋게 손질한 대게

를 담은 커다란 접시가 테이블 위에 올랐습니다.

붉은색과 흰색의 절묘한 조화.
그 모습이 아름다워서 말이 안 나오더라고요.
역시 자연보다 위대한 예술 작품은 없어요.
안 그렇습니까?

저는 소주 한 병을 더 주문하고 몸통을 들어 내장의 색부터
살폈습니다.
노란색과 초록색 사이의 어딘가에 놓인 색이더라고요.
그 정도면 맛있게 먹을 만한 색이어서 안도했습니다.
사실 내장은 쓴맛이 나는 검은색만 아니면 다 먹을 만합니다.
저는 흥분을 가라앉히며 몸통을 내려놓고 다리를 집어 들었
습니다.
맛이 진한 내장부터 먹으면 담백한 다리 맛을 제대로 느끼
지 못하거든요.

설레는 마음을 달래며 소주 한 잔으로 입을 헹궜습니다.
그리고 껍질에서 꺼낸 다리살을 씹었죠.
고소하면서도 짭조름한 맛 사이로 퍼지는 은은한 단맛.

캬!

웃음이 절로 새나오더라고요.
아는 맛인데도 정말 맛있었습니다.
역시 대게는 대게예요.

다리 몇 개를 집어먹으니 집게발이 눈에 들어옵니다.
집게발 속에는 사발에 꾹꾹 눌러 담은 밥처럼 살이 빈틈없이 차 있었죠.
안 그래도 훌륭한 다리살의 맛에 탱글탱글한 식감이 더해진 집게발의 맛.

어이가 없어요.
대게의 다리를 열 개나 만들면서 두 다리에만 집게발을 붙인 조물주가 원망스러워지는 맛이었습니다.

하이라이트는 아까 들었다가 내려놓았던 몸통입니다.
먹는 방법이야 간단하죠.
소주 한 잔으로 입안에 남아있는 다리살의 흔적을 지운 다음에, 입을 크게 벌려 몸통을 씹는 겁니다.
앞니가 몸통 껍질에 깊숙하게 박히는 순간, 내장과 속살이 한꺼번에 쏟아져 나와 혀를 덮습니다.

그 맛은 말이죠, 와······.

감칠맛이 얼마나 짙은지 지금까지 먹은 다리살의 맛을 깨끗하게 잊어버릴 정도였다니까요?

직원들이 저를 바라보는 시선이 느껴졌습니다.

저 때문에 직원들의 퇴근 시간이 늦어진 것 같아 신경이 쓰여 눈치를 봤는데, 직원들의 눈빛이 좀 이상했습니다.

마치 뭔가 신기한 동물을 바라보는 눈빛이랄까요.

먹다가 소변이 급해 잠시 화장실로 이동하는데, 직원 하나가 제게 다가와 슬쩍 이런 말을 해 주었습니다.

지금까지 여기에서 아르바이트로 일하면서 손님처럼 대게를 맛있게 먹는 분을 처음 봤다고 말이죠.

서비스로 사이다 한 병까지 주면서.

본의 아니게 제가 직원들에게 대게 먹방을 라이브로 보여준 꼴이 되었습니다.

매일 지겹도록 대게를 접하는 직원들의 눈에도 대게를 먹는 제 모습이 유별나게 보였다니.

제가 그날 게를 정말 게걸스럽게 먹긴 했나 봅니다.

이걸 기뻐해야 하는 건지, 부끄러워해야 하는 건지.

제가 가장 맛있게 먹은 대게 이야기는 여기서 끝입니다.

어떻습니까?

제 이야기를 들으며 대게 맛을 상상하니 그 맛이 더 기대되지 않나요?

상상력은 음식의 맛에 윤기를 더해 주는 조미료입니다.

서로의 잔에 소주를 채워 주시죠.

이제 상상력이라는 조미료를 더한 대게를 안주 삼아 소주를 마셔 볼까요?

뚜껑을 열어 주세요.

도시 속 겨울 냄새, 오뎅

거리 곳곳에 점조직으로 피어나는 노점은 도시에 겨울이 왔음을 알리는 신호다.

해마다 겨울이면 노점은 오뎅 국물 냄새로 존재감을 드러내고, 겨울이 깊어질수록 거리에 스며드는 냄새의 농도도 짙어진다.

또한 노점은 자신의 존재를 감춤으로써 도시에 봄이 왔음을 알린다.

거리에서 오뎅 국물 냄새가 흐릿해지는 시점은 목련에 새순이 부풀어 오를 무렵이니 말이다.

겨울보다 먼저 찾아와 겨울보다 늦게 물러가는 오뎅 국물 냄새를 도시의 겨울 냄새라고 불러도 과한 표현은 아닐 듯싶다.

한겨울 찬바람 속으로 입김을 뿜어 내는 오뎅 국물의 유혹에 저항할 만한 강심장은 대한민국에 많지 않다.

얄궂게도 유혹은 하굣길과 퇴근길 버스 정류장 부근에서 절
정에 달한다.

바쁜 일상과 맞닿아 정신없는 곳임에도 불구하고 떡볶이, 김
말이, 튀김까지 무리지어 달려드니 유혹에서 벗어나기가 여
간 어려운 게 아니다.

삐끼 역할에 성공한 오뎅 국물은 특유의 친화력으로 오가는
사람들의 완강한 마음의 틈새를 비집고 드나들며 지갑을 열
어젖힌다.

추울 땐 종이컵 속 따끈한 오뎅 국물 한 모금이 진리다.

그리고 오뎅 국물은 소주와도 참 잘 어울린다.

긴 설명이 필요 없다.

주머니 가벼울 때 소주 한 잔에 곁들이는 오뎅 국물의 맛이
얼마나 각별하던가.

여기에 김이나 잘게 썬 파를 살짝 뿌리면 어떤 탕국 요리의 국
물이 부럽지 않은 맛이 난다.

오래전 신림동 고시촌 분식 노점에서 배운 방식인데 요즘도
잘 써먹고 있다.

선거 때면 여러 후보가 앞 다퉈 성지 순례하듯 들러 한 입 베어
물고 가는 친 서민 먹거리 오뎅은 유감스럽게도 일제의 잔재다.

이 같은 출신 성분 때문에 오뎅 대신 '어묵'이라고 불러야 한

다는 이들이 많다.

그런데 어묵이라는 단어에선 왠지 모르게 오뎅보다 거리감이 느껴진다.

대형 마트에 어묵이라는 이름으로 진열된 물건은 대개 오뎅보다 비싸고 포장지 때깔도 남다르다.

술집에서 어묵탕이라는 이름으로 나오는 안주 또한 노점에서 오뎅 수십 개비는 먹어 줘야 나올 만한 가격에 팔리고 있다.

언젠가부터 오뎅과 어묵은 각자 제 갈 길을 가는 듯하다.

오뎅은 오뎅이라고 불러야 부담 없고 맛있다는 게 내 똥고집이다.

나는 쓸데없는 호기심이 많아 술을 마실 때면 웹서핑으로 지금 먹고 있는 안주에 관한 정보를 뒤지곤 한다.

술자리에서 수박 겉핥기로 알게 된 오뎅은 흥미로운 구석이 많은 안주였다.

대한민국의 오뎅은 일본의 '오뎅(おでん)'과 다르다는 정보가 가장 눈길을 끌었다.

일본의 오뎅은 갖가지 재료로 맛을 낸 국물에 어묵과 무, 곤약, 소 힘줄 등을 넣어 끓인 전골 요리 자체였다.

몇 년 전 부산에서 소주 안주로 먹다가 감탄했던 스지탕과 비슷해 보이면서도 다르다.

반면 대한민국의 오뎅은 탕 속에 들어가는 식재료 그 자체를 일컫는다.

우리의 오뎅과 일본의 오뎅은 동음이의어인 셈이다.

결론을 내자면 대한민국 사람은 따뜻한 국물을 마시기 위해 오뎅을 찾지만, 일본 사람들은 어묵 그 자체를 먹기 위해 오뎅을 찾는다.

대한민국의 오뎅은 일본과 다른 독자적인 국물 문화라고 봐도 무방하지 않을까 싶다.

정확한 기록은 없으나 오뎅의 유입 시기는 개화기로 알려져 있다.

당시 개항장이었던 부산항에 정착한 일본인들에 의해 보급되기 시작한 것이 지금에 이른 것으로 추정된다.

부산오뎅이 원조임을 자처하는 것도 이해할만 하다.

부산오뎅은 높은 연육의 함량 비율과 오랜 경험에서 우러난 배합, 숙성 기술 때문에 다른 오뎅에 비해 비싼 편임에도 불구하고 전국적인 명성을 얻고 있다.

오랫동안 삶아도 흐물거리지 않고 그 맛을 유지하는 부산오뎅은 짠내 나는 오뎅 시장에서 오랜 세월 절대 강자로 군림하고 있다.

오뎅의 주된 원료는 생선살이다.

특별히 어종을 가리지 않아 명태, 대구, 갈치, 조기 등 기호에 따라 다양하게 쓰인다.

오뎅은 생선살을 밀가루 등과 반죽해 가열, 응고시켜 만든다. 한때 내장, 머리, 뼈 등 못 먹을 부위로 비위생적으로 오뎅을 만든다는 소문도 있었지만 천부당만부당한 말이다.

오뎅은 흰 살 생선의 살, 연육으로만 만든다.

이상 술자리 TMI를 마친다.

눈치 보는 데 익숙한 대한민국 사람에게 길거리에서 먹는 오뎅 한 개비는 외로움을 달래 주는 자그마한 위로다.

혼자 밥 먹는 일을 무리와의 단절로 여기는 사람들조차도 홀로 길거리에 서서 오뎅 국물을 홀짝거리는 일까지 치욕으로 여기진 않는다.

공중목욕탕에서 발가벗는 게 당연하듯, 홀로 오뎅을 씹건 단체로 씹건 누구도 가타부타 신경 쓰지 않는다.

노점은 홀로 허한 속과 마음을 잠시나마 위로할 수 있는 몇 안 되는 공간이다.

한겨울 저녁에 노점 내부는 양복 입은 샐러리맨, 새침한 아가씨, 여드름 가득한 학생, 말없는 노인, 칭얼대는 어린아이 등 다양한 인간 군상으로 부산하다.

한 개비를 먹던 열 개비를 먹던 그 사람의 주머니 사정을 짐작하기란 쉽지 않다.

지위고하, 남녀노소 불문하고 좁은 공간에 옹기종기 모여 같은 먹을거리를 먹어 대는 모습은 불공정 사회에 몇 안 남은 공정 사회의 모습 같아 정겹다.

그래서 국물만 홀짝거린 듯한데 늘 예상을 뛰어넘는 액수의 계산서를 뱉어 내는 '오뎅 바'는 낯설다.

오뎅은 대한민국에서 먹을 양을 정해 놓지 않고 먹을 수 있는 독특한 먹거리다.

몇 개를 먹겠다고 정하는 손님도 드물고, 몇 개 이상 먹으라고 강요하는 주인도 드물다.

손님이 오뎅 한 개비를 먹고 열 번 국물을 따라 먹건, 열 개비를 먹고 한 번 국물을 따라 먹건 주인은 느긋하다.

사실상 오뎅은 국물을 마시기 위한 평계임에도 불구하고 국물 값을 받는 주인은 없다.

삭막한 도시에 남아 있는 몇 안 되는 인정이다.

내가 지금까지 안주로 먹은 오뎅 중 가장 기억에 남는 오뎅은 대학생 시절 노점에서 먹은 오뎅이다.

나는 한때 한양대 병원 후문과 가까운 고시원에서 자취했었다.

한양대 병원 후문 주변에는 분식을 파는 노점이 몇 개 있었는데, 그곳에서 종종 아재들이 오뎅을 안주 삼아 소주를 마셨다.

노점에서 소주를 파는 건지, 아재들이 소주를 가져와서 먹는 건지 궁금했다.

나는 노점에 들어가 주인에게 슬쩍 소주도 파느냐고 물었다.

주인은 마약상처럼 은밀하게 아이스박스를 가리켰다.

거리에 서서 종이컵에 담긴 소주를 한 모금 마시고 안주 삼아 먹는 오뎅.

노점 바로 앞에 지구대가 있어서 묘하게 스릴이 있었다.

그래서 더 맛있었다.

그때 먹었던 오뎅 국물의 맛을 잊지 못해 집에서 재료를 사다가 몇 번 흉내를 내 봤는데, 결과는 늘 신통치 않았다.

오뎅을 많이 넣고 국물을 우려내야 제대로 맛이 나는데, 흉내 한 번 내 보자고 그 많은 오뎅을 구입하기엔 배보다 배꼽이 더 크다.

노점 주인은 가벼움 속에 숨어 있는 깊은 맛을 끄집어 내는 연금술사다.

오뎅 국물은 팔팔 끓는 냄비에서 떠먹는 것보다 은근하게 끓는 4각 '스뎅' 용기에서 떠먹어야 더 맛있다.

주인은 이문을 남기고, 손님은 값싸게 먹으니 서로를 위하는 길이다.

질병은 의사에게 약은 약사에게 맡기듯 오뎅 국물은 노점 주인에게 맡기는 게 속 편하다.

순대, 무엇까지 찍어봤어?

넷플릭스 드라마 〈오징어 게임〉에 등장해 전 세계적인 관심을 모은 달고나.

나는 어렸을 때 달고나를 입에 달고 살았지만, 서울에 와서 그 이름을 처음 들었다.

내 고향 대전에서 달고나를 부르는 이름은 '띠기'였기 때문이다.

알고 보니 지역마다 달고나를 부르는 이름은 '뽑기' '쪽자' '국자' '똥과자' 등 다양했다.

내가 살던 동네에서 띠기를 파는 곳은 주로 '방방' 옆이었다.

방방은 대전에서 트램펄린을 부르는 이름인데, 다른 지역에선 '봉봉' '퐁퐁' '콩콩' 등으로 부른다는 사실도 나중에 알게 되었다.

지역마다 같은 사물을 다른 이름으로 부른다는 사실이 신기

했다.

음식 중에도 이와 비슷한 게 있는데, 바로 순대다.

지난 2014년 여름, 나는 자동차로 7번 국도를 타고 부산에서 고성까지 동해안을 따라 드라이브 여행을 했다.

첫날 서울에서 부산까지 차를 몰고 온 나는 해운대에 숙소를 잡고 포장마차 촌에서 갯고둥을 안주 삼아 홀로 소주를 마셨다.

연인들이 많이 눈에 띄는 포장마차 촌에서 홀로 마시는 소주는 썼다.

당시 6년 넘게 솔로였던 나는 기분이 꿀꿀해져 포장마차 촌에 오래 머무르지 않았다.

발걸음을 숙소로 돌렸지만, 생전 처음 들른 부산에서 이대로 잠들기는 아쉬웠다.

나는 가까운 시장에 들러 순대를 포장하고, 편의점에서 소주를 집어 들었다.

숙소로 돌아온 나는 순대 포장을 뜯었는데,

어라?

소금이 없었다.

새우젓도 없었다.

대신 정체불명의 무언가가 1회용 양념 통에 담겨있었다.

나는 오랜 세월 순대를 찍어 먹는 양념은 소금과 새우젓 둘
뿐이라고 여겨 왔다.

당연했다.

대전에선 분식집에서 파는 찹쌀순대는 고춧가루를 섞은 소
금에, 순대 전문점에서 파는 고기순대나 피순대는 새우젓에
찍어먹었다.

서울에서도 크게 다르지 않았다.

순대에 소금과 새우젓은 내게 상식이었다.

부산에 와서 그 상식이 무너진 것이다.

나는 숙소에 비치된 데스크톱 컴퓨터를 켜고 어찌된 영문인
지 알아보기 위해 웹서핑을 시작했다.

포털 사이트에서 '부산'과 '순대'를 키워드로 검색해 보니 바
로 결과가 나왔다.

부산에선 순대를 막장에 찍어 먹으며, 서울에 와서 순대를 먹
는데 막장이 나오지 않아 당황해하는 부산 사람도 있다는 정
보였다.

1회용 양념 통에 담겨 있던 정체불명의 무언가는 막장이었다.

막장은 된장 같기도 하고 쌈장 같기도 한데 물처럼 묽었다.

웹서핑으로 막장 레시피를 찾아보니 쌈장과 사이다가 주재
료였다.

손가락으로 살짝 찍어서 맛을 보자 사이다 때문인지 단맛이
느껴졌다.

나는 고개를 갸우뚱거리며 소주를 한 잔 마시고 막장에 찍은
순대를 입에 넣었다.

맛있었다.

소금이나 새우젓에 찍어 먹을 때보다 내 입맛에 더 잘 맞았다.

특히 내장 부위와 막장의 궁합이 훌륭했다.

막장은 소금이나 새우젓보다 내장 특유의 잡내를 잡는 데 탁
월했다.

그날 나는 막장과 순대 덕분에 기분 좋게 여행 첫날을 마무
리할 수 있었다.

평소에도 나는 생선회를 안주로 먹을 때 간장이나 초장보다
쌈장에 찍어 먹기를 더 좋아하는 편이다.

그런 내 입맛에 막장과 순대라는 조합이 맞지 않을 리가 없
었다.

부산에 오기 전까지 그런 조합을 전혀 상상해 보지 못했다니.

안타까웠다.

그날 이후 순대를 집에서 안주로 먹을 일이 생기면 다양한 양념에 찍어 먹기를 시도해 봤다.

막장에 이어 새롭게 시도한 양념은 초장이었다.
부산에서 막장에 관해 웹서핑으로 알아보다가 광주에선 순대를 초장에 찍어 먹는다는 정보를 덤으로 접했기 때문이다.
막장은 몰라도 초장과 순대의 조합은 어떤 맛을 낼지 좀처럼 상상하기가 어려웠다.
유치한 맛이 나지 않을까 우려했는데, 막상 맛을 보니 이 조합 또한 상당히 괜찮았다.
새콤달콤한 맛이 순대를 많이 먹어도 질리지 않게 한다는 점이 초장의 매력이었다.
막장만큼 소주와 잘 어울렸다.
순대를 잘 못 먹는 사람도 이 조합이라면 진입 장벽을 넘을 수 있다는 데에 한 표를 던진다.

제주도에선 순대를 간장에 찍어 먹는다는 전설 같은 소문도 들렸는데, 이 조합은 예상치 못한 반전을 보여 줬다.
혀에 느껴지는 짠맛이 소금처럼 즉각적이지 않았다.
간장이 구수한 향과 감칠맛은 그대로 남기고 짠맛은 에둘러 드러내니, 순대 맛이 오히려 담백하게 느껴졌다.
제주도 사람이 그렇게 먹는 데엔 다 이유가 있었다.

요즘에는 떡볶이 국물이 순대 양념 세계에서 통합 챔피언을 차지한 듯한 분위기다.

과연 떡볶이 국물이 만능 양념일까?

이에 관한 평가는 순대를 종류별로 나눠서 판단해야 한다는 게 내 생각이다.

당면으로 속을 채운 찹쌀순대라면 몰라도, 고기와 채소 등으로 속을 채운 전통 순대는 떡볶이 국물과 궁합이 맞지 않는다.

선지로 속을 채운 피순대나 막창순대를 떡볶이 국물에 찍어 먹는다?

그 맛은 미식은커녕 괴식에 가깝다.

통합 챔피언까지는 몰라도 히든 챔피언에 오를 만한 양념은 따로 있다는 게 내 의견이다.

첫 번째 후보는 라면 스프다.

라면 스프는 소금처럼 깔끔하면서도 막장과 초장처럼 순대를 많이 먹어도 질리지 않게 하는 마력을 가지고 있다.

떡볶이 국물과 달리 찹쌀순대뿐만 아니라 모든 순대와도 잘 어울린다는 장점을 갖고 있다.

누구에게나 호불호 없는 맛을 보여 준다는 점도 라면 스프의 경쟁력이다.

두 번째 후보는 양꼬치 양념이다. 양꼬치 양념은 라면 스프의 장점을 모두 갖추고 있으면서, 순대의 잡내를 잡아 주는 효과가 라면 스프보다 뛰어나다.

양념에 포함된 향신료인 쿠민의 냄새가 장애물인데, 그 냄새에 민감하지 않다면 꼭 시도해 보기를 추천한다.

지금까지 내가 떠들어 댄 이야기에서 짐작했겠지만, 사실 순대는 뭘 찍어 먹어도 맛있다.

순대 양념에 취향 차이는 있을 수 있어도, 옳고 그름은 없다.

관성에 붙들려 새로운 맛을 모르고 산다는 게 얼마나 안타까운 일인가.

바깥으로 한 발짝만 내밀면 다른 세계로 향하는 문이 열리는데.

사람 사는 일도 비슷하다는 개똥철학을 읊어 본다.

나는 직장이라는 울타리에서 벗어나면 얼마 못 가 굶어 죽을 줄 알았는데, 생각보다 오래 버티고 있다.

심지어 즐겁다.

길이 없을 줄 알았던 곳에서 새로운 길이 잔가지를 치며 이어지니, 앞으로 어떤 일이 벌어질지 기대가 된다.

내가 지금까지 맛을 봤고 앞으로도 맛을 보게 될 새로운 순
대 양념처럼 말이다.

장어는 바다보단 민물!

언젠가 아내와 내가 함께 술을 마시다가 안주를 주제로 '이상
형 월드컵' 게임을 벌인 일이 있었다.
조개구이, 소고기, 참치회, 훈제 연어 등, 내가 평소에 좋아하
는 안주가 토너먼트 상위권에 올랐는데 우승을 차지한 안주
는 의외의 후보였다.

아내가 예상한 우승 후보는 조개구이였다.
나 역시 막연하게 조개구이의 우승을 예상했는데, 내 입에서
튀어나온 대답은 장어였다.

아내도 놀라고,
나도 놀랐다.

아내는 그럴 리가 없다며 다시 게임을 진행했는데, 우승은 또 장어의 몫이었다.

내가 장어를 가장 좋아한다고?

그날 술자리에서 벌인 게임은 내가 나를 가장 잘 안다는 생각이 얼마나 큰 착각인지 다시금 깨닫게 해 주었다.

"이젠 버릴 것조차
거의 남은 게 없는데
문득 거울을 보니
자존심 하나가 남았네."

'민물장어의 꿈' 中

장어 하면 내 머릿속엔 1999년 말에 '마왕' 신해철이 발표한 곡 〈민물장어의 꿈〉이 반사적으로 떠오른다.

90년대에 학창 시절을 보내고 마왕에 열광했던 사람이라면 나와 비슷한 반응을 보이지 않을까 싶다.

그 시절에 나는 인정 욕구에 목말라 있던 조용한 '관종'이었다.

중학교 때 전교에서 놀았던 내 성적은 고등학교에선 겨우 중상위권을 유지하는 데 그쳤다.

공부로 인정받을 수 없다면, 남들이 하지 않는 무언가로 인정받고 싶었다.

한창 음악에 빠져 있던 나는 무작정 컴퓨터로 작곡을 시작했다.

'마왕'처럼 대단한 존재가 되고 싶었다.

PC통신 컴퓨터 음악 관련 동호회에 올린 내 자작곡은 소소
한 호평을 받았다.
그럴 때마다 나는 작곡에 더 집착했다.
나를 인정해주는 곳은 동호회뿐이었으니까.
머지않아 세상이 나를 인정해 주는 날이 올 줄 알았는데, 졸업
할 날이 가까워 오자 그 생각이 착각이란 걸 인정해야 했다.
내 자작곡은 내가 들어도 남들보다 특별히 더 뛰어나지 않았다.
대학교 실용음악과에 진학하고 싶었지만, 음악 이론과 실기를
전혀 공부하지 않은 내가 합격할 가능성은 없었다.
거울에 비친 내 모습은 얼굴에 여드름 자국과 자존심만 남은
방구석 아마추어 뮤지션이었다.
스무 살에 나는 길이라고 생각했던 곳에서 길을 잃고 말았다.

"부끄러운 게으름
자잘한 욕심들아
얼마나 나이를 먹어야
마음의 안식을 얻을까"
'민물장어의 꿈' 中

스무 살 이후에도 내 조용한 인정 투쟁은 계속되었는데, 늘

한끝이 모자랐다.

SKY에 진학하면 모든 고민이 해결될 줄 알았다.

나는 도서관에서 홀로 고등학교 때 외면했던 교과서를 다시 들여다보며 3수까지 치렀지만 '하늘'은 열리지 않았다.

모든 걸 만회하겠다며 사법 시험에 뛰어들었는데, 결과는 다섯 번 연속 1차 시험 불합격과 서른을 앞둔 나이였다.

뒤늦게 취업 전선에 뛰어든 나는 언론사에 문을 두드렸는데, 스펙 없이 나이만 먹은 터라 서류 통과조차 쉽지 않았다.

나를 받아 준 곳은 고향에 있는 지역 일간지 하나뿐이었다.

금의환향에 실패한 나는 꽤 오래 열패감에 시달렸다.

이후 서울에 있는 경제지와 종합지로 자리를 옮기며 10년 넘게 기자로 일했는데, 업계에서 누구나 최고라고 인정하는 언론사에선 일해 보지 못했다.

이제 와서 고백하자면,

나는 왜 내가 기자로 일하는지도 모르는 채 더 나은 위치만을 갈망했다.

　"저 강들이 모여 드는 곳

　　성난 파도 아래 깊이

　　한 번만이라도 이를 수 있다면

나 언젠가
심장이 터질 때까지
흐느껴 울고 웃으며
긴 여행을 끝내리
미련 없이"

'민물장어의 꿈' 中

스무 살에서 스무 살을 더 먹은 나이가 되었을 때, 나는 처음
으로 온전히 내 의지로 내가 원하는 선택을 했다.

계기는 교통사고였다.
사고 차량을 폐차해야 할 정도로 큰 사고였다.
가까스로 피한 죽음 앞에서 그동안 나를 괴롭혀 온 모든 고민
이 사소하게 느껴졌다.

더불어 의문이 생겼다.
내 욕심이 정말로 내 욕심이 맞는가?
나는 평생 타인의 욕망을 욕망하며 살아 온 게 아닐까?
의문을 걷어 내자 내 진짜 욕망이 보였다.
온전히 내 이름으로 내 이야기를 쓰고 싶다는 욕망.
나는 다니던 신문사에 미련 없이 사표를 던졌다.

"아무도 내게 말해 주지 않는
정말로 내가 누군지 알기 위해"

'민물장어의 꿈' 中

소설가로 사는 일은 월급쟁이로 사는 일보다 훨씬 난이도
가 높다.

단행본으로 묶을 양의 원고 집필은 최소한 몇 달 이상 시간을
들여야 하는 작업인데, 한국 소설 신간 중 1쇄를 소화하는 작
품은 10권 중 1권이 될까 말까다.

운이 좋아 1쇄를 다 팔아도 소설가가 손에 쥐는 인세는 200
만 원 남짓이다.

소설 쓰기는 내가 지금까지 경험한 가장 가성비가 엉망인 작
업이다.

아직까진 소설 쓰기가 즐겁지만, 언젠가 더 이상 즐겁지 않을
날이 올지도 모른다.

그땐 예전처럼 교통사고가 발생할 때까지 미적거리지 않을
것 같다.

좋아하는 일을 하며 살기에도 시간이 모자라다는 걸 알았으
니까.

남의 눈치를 보거나 남의 평가에 휘둘릴 시간이 없다.

갑작스레 세상을 떠난 마왕이 〈민물장어의 꿈〉을 통해 내게

남긴 메시지다.

잡설이 지나치게 길어져 정작 하려고 마음먹었던 말을 여태 못했다.

장어를 먹을 땐 쓸데없이 꼬리에 집착하지 말고 남들보다 몸통이나 몇 개 더 먹자.

꼬리가 몸통보다 정력에 좋다는 과학적 근거는 없다.

여러 차례 내 입으로 직접 비교해 봤는데, 꼬리보다 몸통이 더 통통하고 맛도 좋았다.

내가 지금까지 먹어 본 어류 중 꼬리가 몸통보다 맛있던 건 아귀뿐이었다.

남이 맛있다고 하니까 그에 맞춰 나의 취향을 바꾸거나 내 혀에 거짓말을 하진 말자.

남들이 뭐라던 간에 내 입에 맛있는 게 내게 정답이다.

장어를 핑계로 그 말을 하고 싶었다.

여담인데 장어는 바닷장어보다 민물장어가 훨씬 기름지고 맛있다.

그래서 마왕도 노래 제목에 '민물장어'라고 못을 박았나보다.

홍어 전에 과메기부터 드세요

'맛있는 반찬은 곧 맛있는 안주'라는 명제는 내게 참이다.

술을 즐기게 된 이후, 맛있는 반찬을 먹으며 술 생각을 하지 않았던 적이 없었기 때문이다.

반대로 '맛있는 안주는 곧 맛있는 반찬'이라는 명제는 내게 참이 아니다.

술과 함께 먹을 땐 죽이는데, 반찬으로 먹기에는 자신 없는 안주도 있었기 때문이다.

그런 안주는 대개 맛이나 냄새가 강렬해 호불호가 갈린다는 특징을 가지고 있다.

동시에 한 번 맛을 들이면 쉽게 헤어날 수 없을 정도로 중독성이 강하다.

과메기와 홍어는 술과 함께 있어야만 존재감을 드러내는 'Born to be' 안주의 대표 주자다.

과메기를 홍어보다 먼저 만났으므로, 과메기에 관한 썰부터 푸는 게 순서이겠다.

때는 내가 중학생이었던 90년대 중반으로 거슬러 올라간다.

해마다 겨울이 오면 아버지는 퇴근길에 시장에 들러 지푸라기로 엮어 파는 양미리를 챙겼다.

석쇠에 올려 굵은 소금을 뿌린 후 연탄불에 구워 먹는 양미리의 맛은 정말 기가 막혔다.

특히 통통하게 알을 밴 암컷의 맛이 좋았다.

어느 날 퇴근 후 집으로 돌아온 아버지의 손에 지푸라기로 엮은 생선이 들려 있었는데, 늘 보던 양미리가 아니었다.

아버지는 그 생선이 꽁치를 말려서 만든 과메기라며 생으로 먹으면 맛있다고 엄지를 추켜세웠다.

나는 비린내 나는 꽁치를 생으로 먹을 수 있다는 게 믿기지 않아 미심쩍은 표정을 지었다.

아버지는 내게 먹어본 다음에 더 달라고 보채지나 말라며 호쾌한 손길로 과메기를 손질해 나갔다.

아버지는 먼저 과메기의 머리와 내장, 꼬리지느러미를 가위로 제거했다.

이어서 몸통만 남은 과메기를 반으로 갈라 등뼈를 발라 내고 먹기 좋은 크기로 썰었다.
과메기의 잔해가 쌓인 거실에 비린내가 진동했다.
아버지는 굽지 않은 김 위에 초장을 듬뿍 찍은 과메기, 마늘,
쪽파를 올리고 쌈을 쌌다.
과메기 쌈을 안주 삼아 아버지는 소주 한 잔을 들이켰다.

캬!
아버지의 입에서 감탄사가 터져 나왔다.

맛이 궁금해진 나도 아버지를 따라 과메기 쌈을 만들어 먹
어봤다.
고소한 맛과 기름진 맛을 똘똘 뭉쳤다가 한꺼번에 터트리는 맛.
느끼하지만 맛있었다.
무엇보다도 비린내가 별로 느껴지지 않아 놀라웠다.

그날 이후 과메기는 우리 가족의 겨울 별미로 자리를 잡았다.
하지만 아버지는 내게 가장 중요한 사실을 알려 주지 않았다.
과메기는 소주와 함께 먹을 때 훨씬 맛있다는 사실을 말이다.
나는 그 사실을 나이 들어 독학으로 배웠다.

과메기의 기름기를 씻어 내고 고소함만 남기는 소주,
소주의 쓸쓸한 맛을 지우고 단맛을 살리는 과메기,

둘이 상호 보완을 통해 이뤄 내는 맛의 시너지.

나는 소주를 즐기게 된 이후에야 아버지의 감탄사에 공감할
수 있었다.
아버지가 술은 어른에게 배워야 한다며 내게 소주잔을 건네
지 않은 건 다행이었다.
그 시절 과메기와 소주의 궁합을 알았다면 집 안에 있던 술이
남아나지 않았을 테니 말이다.

홍어를 과메기보다 늦게 접한 건 더 다행이었다.
만약 술맛을 모르던 시절에 홍어를 접했다면, 나는 홍어와 그
리 쉽게 친해지지 못했을 테다.
홍어의 냄새는 아무리 비위가 좋아도 처음부터 흔쾌히 받아
들일 만한 냄새는 아니니까.

그런데 희한한 일이다.
한번 홍어에 맛을 들이니 주기적으로 먹지 않으면 금단 증
상이 온다.
대형 마트에서 장을 볼 때, 수산물 쪽 진열대에 놓인 홍어회를
앞에 두고 쉽게 떨어지지 않는 발걸음은 명백한 금단 증상이다.
중독성만 따지면 과메기보다 몇 수 위다.
나를 홍어 중독자로 만든 사람 또한 아버지다.

때는 막 2000년이 되었을 무렵이다.

오래된 공중 화장실 남자 소변기에서나 맡을 법한 악취를 풍기는 못생긴 놈.

아버지가 시장에서 사온 홍어의 첫인상은 충격적이었다.

그런데 이 충격적인 음식을 안주 삼아 막걸리를 마시는 아버지의 표정은 진심으로 행복해 보였다.

아버지는 요즘엔 시장에서도 삭힌 홍어를 싸게 판다며 즐거워하셨다.

혼란스러웠다.

냄새만 보면 절대 사람이 먹을 음식이 아닌데,

아버지의 표정을 보면 세상에 이런 진미가 따로 없었다.

아버지는 내게 홍어에 보쌈과 묵은지를 곁들여 막걸리와 함께 먹어보라고 권했다.

나는 잠시 망설이다가 속는 셈 치고 아버지의 말을 따랐다.

그 맛은,

생각보다 괜찮았다.

묵은지가 강렬한 홍어 냄새를 죽이고,

여기에 보쌈의 익숙한 맛이 끼어드니 제법 먹을 만했다.

아버지가 먹는 방식은 조금 달랐다.
아버지는 홍어를 고춧가루를 탄 굵은 소금에만 찍어 먹었고,
막걸리는 배가 부르다며 소주를 땄다.
홍어가 독극물이 아님을 확인한 나는 아버지의 방식을 따라
먹어봤다.
삼합으로 먹을 때 느끼지 못했던 홍어의 달짝지근한 맛이 은
은하게 입안에 퍼졌다.
삼합보다 내 입맛에 훨씬 잘 맞고 깔끔했다.
홍어의 달짝지근한 맛은 막걸리보다 소주와 함께일 때 더 뚜
렷하게 느껴졌다.
그날 이후 내가 홍어를 먹는 방식은 아버지의 방식으로 고
정되었다.

이제 나와 술을 가장 자주 마시는 사람은 아내다.
함께 술을 마시는 사람의 안주 취향이 맞아야 술자리도 즐
거운 법이다.
아내는 홍어를 잘 못 먹지만 다행히 과메기는 무척 좋아한다.
겨울에 아내와 함께하는 과메기 술상은 즐거우면서도 한편
으로는 아쉽다.
내가 처음에 먹었던 과메기는 꽁치를 통째로 말린 '통마리'

였는데, 이젠 꽁치의 배를 따고 반으로 갈라서 말린 '배지기'만 보인다.

말리는 데 시간이 오래 걸리는 통마리보다, 금방 말려 시장에 내놓을 수 있는 배지기를 파는 게 남는 장사여서 생긴 변화다.

육포처럼 바싹 마른 배지기를 볼 때마다 촉촉하고 기름진 통마리의 맛이 그리워지는 건 어쩔 수 없다.

아내는 내 이야기를 듣기 전까지 통마리의 존재를 전혀 몰랐다.

다음 과메기 제철이 오면 구룡포에서 따로 통마리를 주문해 아내에게 맛을 보여 줘야겠다.

오래전에 아버지가 내게 그랬던 것처럼.

더불어 아내에게 갓 잡은 생 홍어회 맛도 보여 주고 싶다.

삭힌 홍어 특유의 냄새가 전혀 느껴지지 않고, 달짝지근한 맛은 삭힌 홍어보다 짙다.

특히 부드러우면서도 찰진 식감이 예술이다.

삭힌 홍어와 생 홍어회는 다른 음식이라고 말해도 과언이 아니다.

다음에는 생 홍어회를 미끼로 아내를 홍어의 세계로 낚아 보아야겠다.

외롭지않은안주, 라면

지난 2008년 봄의 어느 날 새벽, 잠에서 깨어난 나는 주위를
둘러보다가 서럽게 울었다.
갑작스러운 어머니의 별세로 가족이 뿔뿔이 흩어졌다.
몇 년 동안 준비했던 시험에선 연이어 낙방했다.
나이는 먹어 가는데 아무런 미래도 보이지 않았다.
나와 20대 전부를 함께 했던 연인은 괴로워하던 내게 냉정하
게 이별을 통보했다.
아무도 나를 사랑하지 않으며, 앞으로도 나를 사랑해 줄 사람
이 없을지 모른다는 슬픔이 나를 짓눌렀다.
그 슬픔을 이기지 못한 나는 어두침침한 반지하 원룸에 뚫
린 손바닥만 한 창문을 올려다보며 참았던 눈물을 쏟아 냈다.
그날 새벽은 내가 지금까지 살면서 가장 많은 눈물을 쏟았
던 순간이다.

울다 지쳐 잠들었다가 다시 깨어났다.
휴대 전화로 시간을 확인하니 점심시간이 훌쩍 지난 뒤였다.
몹시 배가 고팠다.

새벽엔 괴로워 죽고 싶은 마음뿐이었는데, 배고픔 앞에서 죽
고 싶은 마음 따위는 아무것도 아니었다.
한낮에도 햇살이 깊숙하게 들지 않는 방에 먹을 거라고는 농
심 '육개장 사발면'뿐이었다.
나는 커피포트로 물을 데우는 동안 냉장고를 살폈다.
냉장고 안에 있는 거라고는 소주 반병과 생수가 전부였다.
육개장 사발면은 자연스럽게 남은 소주를 마시기 위한 안주
가 되었다.
빈속을 찌르르 저리게 하는 차가운 소주 한 잔, 뒤 이어 몸 구
석구석으로 퍼져 나가는 뜨끈한 라면 국물.

그게 뭐라고 맛있던지.
눈물이 핑 돌았다.

육개장 사발면은 가장 슬펐던 날에 기꺼이 온기를 나눠 주며
나를 위로해줬다.

2014년 여름의 어느 날 밤, 불과 하루 전까지 나와 다른 세계에서 살았던 사람이 내 비좁은 원룸에 앉아 있었다.

신문 기자로 일하며 다양한 영역에서 활동하는 다양한 사람을 만나 왔지만, 그 만남이 사적인 인연으로 이어지는 경우는 드물었다.

그런데 공적인 자리에서 일로 만난 이성이 사적인 자리, 그중에서도 가장 내밀한 공간인 집까지 찾아왔다?

내 인생을 통틀어 봐도 손가락에 꼽을 만한 대사건이었다.

영화 〈봄날은 간다〉는 개봉한 지 20년이 넘은 지금까지도 세간에 회자되는 명대사를 남겼다.

"라면 먹을래요?"

극중 여주인공 은수(이영애 분)가 남주인공 상우(유지태 분)를 유혹할 때 사용한 대사를 내 입에 올리는 날이 올 줄은 꿈에도 몰랐다.

심지어 배우도 아닌 내가 배우에게.

나는 상대방을 유혹하려는 의도로 영화 대사를 입에 올린 게 아니었다.

그저 둘 다 술에 많이 취해 있었고, 속풀이를 위해 먹을 무언가가 필요했다.

문제는 집에 있는 음식이 라면뿐이라는 점이었다.

내 "라면 먹을래요?"는 영화와 달리 누추한 살림살이를 감추기 위한 겸연쩍은 표현이었다.

그날 나는 누군가를 위해 처음으로 해장 음식을 만들었다.

나는 상대방과 라면을 나눠먹으며, 이 인연이 어떤 형식으로든 오래 이어지리라고 예감했다.

예감은 틀리지 않아 상대방과 나는 1년 후 부부의 연을 맺었다.

그날 내가 해장 음식으로 끓인 오뚜기 '참깨라면'이 중매쟁이 역할을 했던 셈이다.

2016년 가을의 어느 날 밤, 나는 경남 창녕군 남지읍의 허름한 모텔에서 허벅지를 주무르며 놀란 가슴을 쓸어내리고 있었다.

당시 나는 다니던 신문사에서 퇴사를 결심한 뒤 마음을 정리하기 위해 자전거 국토 종주를 하던 중이었다.

대충 페달만 밟으면 될 줄 알았는데 오산이었다.

정서진에서 낙동강 하굿둑까지 이어지는 종주 코스의 길이는 총 633km에 달한다.

차로 달려도 한참 걸리는 장거리 코스를 아무런 준비도 없이 나섰으니 종주 내내 좌충우돌할 수밖에 없었다.

숙소를 제대로 잡지 못해 야간 라이딩을 하는 일은 예사였다.

평소에 거의 운동을 하지 않다가 장거리 라이딩에 나선 탓에 관절과 근육이 쑤셔 수시로 진통제를 먹으며 버텼다.

반복되는 급경사,

가로등 하나 없어 어둠 속에 잠긴 임도,

사람의 비명을 닮은 고라니 울음소리…….

그날 야간 라이딩은 최악이었다.

겨우 임도를 벗어나 농로로 들어섰을 때 나는 얼어붙고 말았다.

커다란 멧돼지 한 마리가 내 앞에 버티고 서 있었다.

멧돼지는 움직이지 않고 나를 가만히 바라보기만 했다.

그 상황이 얼마나 두려운지 경험해 보지 않았으면 모른다.

만약 멧돼지가 내게 달려든다면 무슨 일이 벌어질까.

온갖 경우의 수를 생각하느라 머릿속이 바빠졌다.

나는 멧돼지가 단순한 야생 동물이 아니라 위험한 맹수임을

그때 실감했다.

나와 대치하던 멧돼지가 갑자기 논으로 뛰어들며 어둠 속으

로 사라졌다.

멧돼지가 멀리 사라졌음을 확인한 나는 남은 힘을 모두 짜내

페달을 밟았다.

간신히 숙소를 잡고 들어온 나는 다리가 풀려 쓰러지고 말았다.

긴장이 풀리자 폭풍처럼 허기가 몰려왔다.

나는 몸과 마음을 잠시 추스른 뒤 숙소와 가까운 편의점에 들

러 농심 '튀김우동'과 소주를 샀다.
놀라서 얼어붙었던 몸과 마음을 녹여주던 짭조름한 국물과 소주 한 잔.
살아있음을 진심으로 감사히 여기게 하는 맛이었다.

내가 가장 좋아하는 안주는 라면이 아니다.
하지만 내가 지금까지 가장 많이 먹은 안주는 라면이고, 앞으로 가장 많이 먹게 될 안주 역시 라면일 테다.

내 인생의 미래에 어떤 사건이 펼쳐질지 모르지만, 한 가지는 확신한다.
라면은 늘 내 곁에 기본 안주로 있을 거라고.
지금까지 살면서 겪어 온 수많은 희로애락의 순간에 늘 함께였듯이.

라면, 너는 내게 좋은 안주를 넘어 좋은 친구였다.
내가 다른 안주에 정신이 팔려 외면했을 때에도, 너는 늘 제자리를 지키며 나를 기다렸다.
내가 아무리 맛있는 안주로 술을 마셔도, 마지막에 찾는 안주는 늘 너였다.
너는 뒤늦게 찾아오는 나를 한 번도 타박하지 않고 언제나 변함없이 뜨끈한 국물과 쫄깃한 면을 안주로 내 주었다.

앞으로도 나는 너와 함께라면 어떤 어려운 순간이 오더라도
덜 외로울 것이다.
고맙다.
지금까지 그래 왔고 앞으로도 늘.